RÉGIS DE SÁ MOREIRA

LES GRANDS ENFANTS

roman

ALBIN MICHEL

À Simone et Marcel

« L'important n'est pas la figurine, c'est tout ce que l'enfant peut inventer avec le personnage. »

Horst Brandstätter
(fondateur de Playmobil)

Le scénariste

L'idée m'est venue au cours du premier confinement, ce qui n'était pas bon signe. À cette époque, un tas de gens ont cru avoir des idées qui n'ont pas donné grand-chose par la suite, surtout dans les grandes villes. Tout ce temps, cette inoccupation, beaucoup ont confondu ennui et inspiration. Mais l'inspiration est moins une question de temps libre que d'esprit libre. Méfiant, j'ai joué avec l'idée puis je l'ai laissée passer… Le déconfinement est arrivé, puis a passé lui aussi, avec l'été. Heureusement, j'ai eu le temps d'adopter trois chatons.

Le reconfinement a débuté et là, l'idée m'est revenue, ce qui était meilleur signe. J'avais mes trois chats sur les genoux et de nouveau j'ai pensé que la pandémie ouvrait une voie royale aux robots. À des générations de plus en plus rapprochées de robots de plus en plus sophistiqués, de plus en plus semblables aux humains, jusqu'à la perte de leur sophistication même. Leur premier atout étant que, ne pouvant pas être contaminés, ils ne pourraient pas contaminer. Entre vivre avec des gens ou vivre avec des robots, on pouvait hésiter. Entre vivre avec des robots ou mourir avec des gens, l'hésitation était moindre... En un saisissement, je voyais toute une évolution : au début, les robots utiles pour accomplir des tâches devenues dangereuses dans les mains d'humains potentiellement contagieux, utiles pour remplacer les travailleurs contraints de continuer de travailler, robots caissiers, infirmiers, livreurs, puis les travailleurs contraints d'arrêter de travailler, robots nounous, robots jardiniers, robots coiffeurs, puis pour remplacer tous ceux qui manquaient, travailleurs ou pas travailleurs, robots copains, robots amis, robots amants, et progressivement ceux qui manquaient même avant la pandémie, robots maris, robots parents, robots grands-parents, robots enfants... Et puis le vaccin a débarqué, le port du masque s'est allégé, la vie a repris. Le sujet a perdu de son intérêt, ou moi de mon enthousiasme. Je l'ai mis au fond d'un tiroir dans ma tête... Jusqu'à ce que ça recommence. Le troisième, le quatrième, le cinquième, le sixième, le septième, le huitième, le neuvième confinement, sont arrivés et chaque fois l'idée revenait, lancinante, comme une douleur. Mais ce n'est qu'au dixième que je me suis mis au boulot. Ce qui m'a décidé, bizarrement, c'est la mort d'un de mes chats qui a traversé la route au mauvais moment. Avec les rues qui restaient vides pendant des mois, ils se montraient de moins en moins prudents. Pour surmonter ma tristesse, j'ai eu besoin de travailler, j'ai ressorti le projet de son tiroir et je me suis plongé dedans.

Au cours du précédent confinement, je m'étais lancé dans un travail de recherche, c'est-à-dire que j'avais feuilleté la pile de *Science et vie junior* du fils de mes voisins, en quête d'articles sur les robots. Quelle n'avait pas été ma déception de voir que la réalité ramait loin, très loin derrière la fiction. À l'époque les robots les plus avancés étaient les aspirateurs intelligents, et je ne pense pas que la situation ait tellement évolué. Dans ces conditions, difficile de croire à l'apparition soudaine d'androïdes et de gynoïdes capables de se substituer aux hommes et aux femmes… J'ai vite abandonné mes recherches. Dans certains cas, l'ignorance reste le meilleur terreau pour l'imagination.

Une ex du scénariste

Ça faisait seulement une semaine qu'on sortait ensemble et il m'avait proposé de passer le nouveau confinement dans son appartement. La solitude n'étant pas ma passion, j'avais dit oui… Il m'avait prévenue qu'il travaillait sur un scénario mais je n'ai pas pensé à lui demander sa définition de « travailler »… Au début c'était marrant, à tous les dîners on parlait de robots, ça changeait des virus et des dernières nouvelles. Chaque soir, il me racontait ses idées du jour, l'historique des robots, leurs débuts, comment les confinements leur avaient ouvert les portes de toutes les maisons : enfin quelqu'un qui sonnait, enfin quelqu'un à qui s'adresser ! Montrer son visage, voir le sien. Se prendre dans les bras !

Les premiers jours, j'étais presque aussi enthousiaste que lui, même si c'était surtout lui qui parlait. Je terminais mon assiette alors qu'il n'avait pas encore touché à la sienne. Je lui disais de manger, que ça allait être froid, il me souriait et nous resservait du vin en m'expliquant que dans un monde sans pandémie les robots avaient certes pu être utiles, mais qu'une fois le virus dans l'air ils étaient devenus indispensables. Au-delà des lieux publics, les premiers à entrer dans les maisons avaient été les robots infirmiers et les robots enseignants. Les familles se les arrachaient, louaient leurs services à bon prix. Confier ses enfants à un adulte compétent sans risque de contagion était une aubaine pour beaucoup, de même que confier ses parents à des soignants aptes et sains. Ça avait commencé comme ça. C'était bien pratique. Pourquoi s'arrêter là ?… Je m'apprêtais à répondre mais c'était ce qu'on appelle une question oratoire, ou rhétorique, c'est-à-dire qu'aucune réponse de ma part n'était attendue. Il se levait, débarrassait mon assiette vide et son assiette pleine, allait chercher une autre bouteille, me demandait si je voulais du fromage. Je répondais que oui, s'il en prenait aussi, et depuis la cuisine il élevait la voix pour évoquer le manque relationnel dont souffraient les humains, leur envie de voir des amis, de la famille, des gens, de boire des cafés, de faire des rencontres, et peut-être plus si affinités, et alors tout le monde avait eu la même idée : pourquoi ne pas inviter des robots ?… Nouvelle question oratoire mais je ne me faisais plus avoir, je me taisais en attendant qu'il y réponde lui-même. Il rapportait vin et fromage en m'annonçant que, malgré quelques résistances prévisibles (« Mais ce sont des machines ! »), la plupart des gens s'étaient faits à la compagnie des robots et surtout ils y avaient pris goût. Il faut dire qu'avec eux tout se passait toujours bien, ce que la majorité des humains espéraient de la majorité des situations.

Après le dîner, on allait enfin se coucher et je lui faisais quelques blagues de robot dans le lit pour réussir à le débrancher. Mais de jour en jour, ça s'aggravait. Dès le petit déjeuner, j'avais droit à ses idées de la nuit. Le succès des robots, la longue liste de leurs avantages. Les robots ne véhiculaient pas de maladies. Les robots n'avaient pas besoin d'argent. Les robots ne réclamaient pas à manger ou à boire. Les robots sentaient toujours bon. Les robots avaient une patience illimitée, sans parler de leur repartie. Les robots ne convoitaient pas votre femme, ni les robottes votre mari. Les robots ne demandaient rien en échange de leur compagnie, ils étaient là, c'était tout. La relation que vous entreteniez avec eux ne subissait aucun changement, elle était donnée d'entrée... Je faisais de mon mieux pour l'écouter en plongeant les yeux dans ma tasse de thé mais je me demandais déjà combien de temps ce confinement allait durer.

J'avais beau savoir qu'il était en phase de recherche, de brainstorming avec lui-même pour ainsi dire, je sentais ma limite approcher. Pendant la journée, quand je le laissais à ses visions pour aller faire un tour dans le périmètre autorisé, je me rendais compte que je regardais les gens bizarrement, que toutes ces histoires de robots commençaient à me monter à la tête. Et sitôt que je rentrais, il me sautait dessus avec ses nouvelles idées : les premières difficultés dans la cohabitation avec les robots, les humains révoltés de ne pouvoir rivaliser avec des êtres parfaits, de devoir vivre en permanence dans l'infériorité. Les robots avaient beau être à leur service, beaucoup de gens s'étaient sentis humiliés, tels des maîtres jalousant leurs esclaves. Des violences avaient eu lieu, des disparitions aussi, des robots qui manquaient à l'appel... Il n'avait plus que les robots à la bouche, pendant les repas, entre les repas, à tout moment. Et jusque dans le lit. J'avais épuisé toutes mes blagues, je n'arrivais plus à le débrancher. Lorsque je partais prendre l'air, je voyais des robots partout, ou je me demandais si j'en étais un moi-même. Plus ça allait, moins il dormait, plus il buvait, moins je comprenais ce qu'il disait. L'alcool aide autant à écouter qu'à parler et j'avoue que ma descente se raidissait aussi. Il me réveillait au milieu de la nuit pour m'annoncer que le Centre robotique avait sorti les premiers robots imparfaits, qu'il y avait eu tout un débat, des réunions d'urgence au sujet de la faillibilité des robots : fallait-il la leur donner ou non ? C'était une vraie question, cette fois, mais je n'avais pas de réponse, et franchement je m'en moquais. Je lui disais de dormir, il ajoutait que le Centre avait travaillé sur la programmation de troubles psychiques… Je mettais mon oreiller sur ma tête… Des robots névrotiques avaient débarqué un peu partout, jusqu'à l'apparition du premier robot tenté par le suicide, la non-existence, le retour d'où il venait, ce qui achevait d'en faire un humain… C'est là que j'ai décroché. Ses propres idées se contredisaient, il était comme un pool de scénaristes à lui seul, des scénaristes incapables de se mettre d'accord entre eux, chacun prenant le dessus sur les autres au fil de la journée. Le matin, les robots ne connaissaient pas les émotions. À midi, ils faisaient l'apprentissage des sentiments. Dans l'après-midi, une nouvelle génération ne pouvait pas fonctionner sans amour. En fin de soirée, ils éprouvaient en permanence ce que tous les autres robots éprouvaient, c'est-à-dire que si un robot souffrait quelque part, tous enduraient sa douleur, « une forme de conscient collectif », me disait-il, les yeux brillants, en vidant la bouteille de rhum dans nos verres.

Vers minuit, il avait carrément les larmes aux yeux en me livrant la grande révélation offerte par les robots : les humains avaient besoin de prendre soin les uns des autres, et ce non par générosité, grandeur d'âme ou altruisme, mais par pur égoïsme. « Pour me sentir bien, j'ai besoin que tu te sentes bien aussi… » Il prononçait ces mots en me regardant, et je comprenais que depuis le début il n'était pas du tout en train de me parler. Il se servait de ma présence pour tester ses pensées à voix haute. Je ne pensais plus qu'à la première heure du déconfinement, quand je pourrais enfin quitter ce dingue et ne plus l'entendre répéter que même imparfaits, même faillibles, les robots se montraient meilleurs que les humains, y compris dans les sentiments. Vivre avec un robot ou une robotte, c'était connaître enfin l'amour immuable. Celui qui ne mourait jamais. Chaque jour renouvelé…

Je n'ai pas attendu la fin du confinement. Une nuit j'ai fait mon sac et j'ai bravé les interdits pour rejoindre une bande d'amis dans les Pyrénées.

Le scénariste

Le minimum quand vous écrivez, c'est d'écrire quelque chose qui vous plaise, histoire qu'il y ait au moins une personne à en apprécier la lecture. On peut avoir envie que ça plaise aux autres, bien sûr, mais en général mieux vaut commencer par soi. Si je n'arrivais à rien depuis des années, ça n'était pas que je n'écrivais pas, mais que tout ce que j'écrivais m'ennuyait.

N'importe qui aurait pu trouver ça formidable, Leonardo DiCaprio aurait pu me téléphoner en transe, j'aurais continué de penser que c'était de l'eau de boudin. Pleurnicheries, délires de fin du monde, tentatives de grande œuvre humaniste, suite de dialogues aléatoires, autobiographie rétroactive, pleurnicheries encore, anéantissement. La bouillasse artistique… Mais cette fois, je sentais que ça me plaisait, même si je ne savais pas pourquoi et si j'étais loin d'avoir toute l'histoire. Cette émotion, ce tout petit sentiment, celui qui me faisait sourire sans prévenir quand le film traversait ma pensée tandis que je faisais la vaisselle ou que je prenais une douche, c'était ça qui m'avait convaincu d'envoyer à mon frère un synopsis inabouti et quelques scènes rédigées… C'était la première fois que je lui montrais un scénario que je n'avais pas terminé. En temps normal, j'attendais d'avoir une première version complète, même si elle pouvait changer par la suite. Par éducation je ne montre pas mes brouillons, et j'avais peur qu'un scénario inachevé ne résiste pas au tranchant de son regard. Que mon frère le débite à coups de critiques et que je me retrouve avec mes petits morceaux sans savoir comment les rassembler. Mais cette fois, j'avais tellement de doutes sur le principe même du film – les robots qui prenaient de plus en plus d'importance dans nos vies à cause de la pandémie – que j'étais prêt à l'abandonner si mon frère n'en faisait qu'une bouchée.

Après sa lecture, il a voulu qu'on en parle en visio et j'ai refusé, j'ai répondu que je préférais au téléphone. De sa voix je n'avais pas peur. Quand j'ai décroché, j'ai été très surpris parce que ses premiers mots ont été « C'est génial » alors que moi-même je ne trouvais pas ça génial. Simplement je trouvais ça quelque chose, et pas rien, au contraire de toutes les autres idées que j'avais eues depuis le début des confinements.

Le réalisateur

Je me souviens qu'on a eu un long débat avec mon frère pour décider de l'époque à laquelle situer le film. La difficulté était de trouver un temps suffisamment lointain pour que des robots aussi perfectionnés puissent exister, et suffisamment proche pour que pratiquement rien d'autre n'ait changé. L'immobilisme imposé par les confinements successifs nous y aidait. On pouvait imaginer que la technologie faisait des bonds dans les centres de recherche tandis que le reste de la population tournait en rond à la maison. Mon frère ne voulait pas d'un monde futuriste, il prétendait que nous n'aurions jamais le budget nécessaire, je crois surtout qu'il n'en avait pas l'imagination. Son sujet avait toujours été les relations humaines, ou tout au moins les relations. Les voitures du futur, les villes de demain, il laissait ça à ceux qui s'y connaissaient. Lui avait déjà assez de mal avec les villes et les voitures d'aujourd'hui… Enfants, quand nous jouions ensemble aux playmobils, mon frère choisissait toujours des personnages du quotidien, le boulanger, le facteur, les enfants. Et même quand il prenait un pirate ou un cosmonaute, c'était pour lui faire acheter des croissants ou attendre le bus.

Pour autant, dans la première version de son scénario, il avait choisi une année extrêmement éloignée, 2323 si je me souviens bien, alors qu'en lisant on sentait que rien n'avait évolué, qu'au-delà des confinements à répétition, mon frère avait simplement pris le présent et mis des robots dedans. Je lui en ai parlé aussi délicatement que possible pour éviter de le braquer. Comme souvent, mais c'est son caractère, mon frère est passé d'un extrême à un autre, trouvant soudain génial de faire un film de science-fiction situé dans le passé, en 1901 par exemple. J'ai dû lui rappeler que toute son histoire reposait sur la pandémie et les confinements, ce qu'il a admis sans difficulté, avant de se décourager complètement et de déclarer le projet foutu. Je pratiquais mon frère depuis plus de quarante ans, ça faisait longtemps que je ne me faisais plus avoir… Il vivait environ mille fins du monde par jour et tentait chaque fois de vous convaincre que c'était la bonne. Je l'ai juste laissé mourir une fois de plus, en attendant que la vie lui revienne, comme à un vampire qui ne cesse de se mordre lui-même. « Je sais, a-t-il dit, on n'a qu'à le situer dans le présent, ça c'est fort, un film de science-fiction qui se passe aujourd'hui. » Je n'ai pas eu besoin de répondre, seulement de respirer plus profondément. Mon frère me pratiquait depuis plus de quarante ans, lui aussi, il a tout de suite vu où je l'attendais. « Ou sinon on ne le situe pas, après tout on s'en fout de l'année, les gens feront comme ils voudront. » J'ai souri. Le flou avait l'avantage d'autoriser tous les changements qui nous arrangeaient sans qu'aucun ne s'impose. En clair, on pouvait ajouter ou enlever ce qu'on voulait. C'est comme ça que nous avons eu l'idée de faire imploser Internet, ce qui ne figurait pas dans la première version du scénario. Un beau matin, plus de réseaux, plus de sites, plus rien. Les gens se retrouvaient doublement confinés, à la fois chez eux et dans le monde réel. En l'absence du monde virtuel, la solitude humaine devenait d'autant plus terrible, et la compagnie des robots d'autant plus essentielle.

À chaque confinement, c'était la grande question, ce qui était essentiel ou non, comme si chacun pouvait en décider. En réalité l'essentiel, c'était ce qui resterait, et ça on ne pourrait le savoir qu'après. Dans le film, Internet s'avérait non essentiel puisque les humains continuaient à vivre sans. Dans la vie, c'est tout le contraire qui s'est passé : aujourd'hui les androïdes existent à peine et Internet fait rage partout, à croire que l'équilibre a basculé, que le monde réel est devenu secondaire et que nous aurions tous intérêt à déménager dans le réseau. Au lieu de vivre dans la réalité avec des accès au monde virtuel, habiter le monde virtuel à plein temps et faire des apparitions dans la réalité. Au lieu d'aller vérifier ses mails, vérifier si quelqu'un est en train de nous parler.

Des tas de choses ont été dites sur le film, tout et son contraire, mais même les critiques les plus enthousiastes n'ont pas réussi à le qualifier de « visionnaire ». Ou alors c'était mon frère qui avait raison, il fallait le situer en 2323… Et encore, seuls nos descendants le sauront.

Le scénariste

Dès la réouverture des restaurants, nous sommes allés déjeuner dans une brasserie, un endroit que mon frère connaissait avec une arrière-salle où tout le monde se moquait des masques et des mesures sanitaires. Ça n'était pas très bon mais c'était parfait. Nous avions le choix entre bavette-frites et cuisse de poulet-purée. Mon frère a pris poulet-frites et moi bavette-purée. Il ne buvait plus d'alcool depuis des années, j'ai commandé un pichet pour moi, une eau gazeuse pour lui. On a parlé de tout et de rien pendant un quart d'heure, et ce n'est qu'au moment où les plats sont arrivés qu'on a attaqué le sujet du film, comme s'il valait mieux qu'on soit en train de manger pour ne pas parler trop vite, ne pas nous emballer d'un coup. J'ai senti que nous abordions tout de suite les problèmes, les contradictions, les obstacles, et là, pour la première fois de ma vie j'ai dit stop. À mon frère comme à moi.

Le temps s'est suspendu au-dessus de notre table, dans l'arrière-salle de la brasserie. Autour de nous les gens ont continué à manger, à boire et à parler. J'ai respiré et j'ai dit : « Commençons par dire tous les trucs qui sont bien, qui marchent, qui donnent envie, qui nous font croire au film. » Mon frère m'a regardé comme si j'avais changé de sexe, il a eu l'air un peu gêné, il a pris quelques frites et il a dit : « Je trouve ça vraiment génial que les robots ne mettent pas de masque. » Et ce qui est drôle c'est que nous non plus, à ce moment-là, nous n'en portions pas. Ni personne d'autre dans la salle, c'était comme si on était déjà dans le film, deux robots entourés de robots. Nous avons regardé autour de nous et le film était là, en train de parler, de boire et de manger, on pouvait commencer simplement par ça, une salle sans masques, sans distances, sans virus, comme un voyage dans le temps, sauf qu'il ne s'agissait pas d'humains d'hier mais de robots de demain, pas du passé mais de l'avenir.

Mon frère a serré les dents. Je l'ai interrogé du regard. « Dans ton histoire, les robots n'ont pas besoin de manger, c'est même assez fondamental. » Toute la première scène qu'on venait d'envisager s'est écroulée d'un coup. Mais ça n'était rien, juste le début d'un long travail.

Pour le dessert, nous avons pris une mousse au chocolat avec deux cuillères tout en parlant de la scène suivante… Nous avions toujours travaillé comme ça, c'était ça qui était bon. On avait des personnages et tout était possible, comme quand on était petits et qu'on jouait aux playmobils. La première scène du film allait changer cent fois encore mais on s'en foutait, la cent unième serait l'aboutissement de toutes les autres. Les cafés sont arrivés, nous nous sommes invités l'un l'autre en partageant l'addition. Puis nous avons remis nos masques et nous sommes allés marcher dans un parc, où nous les avons baissés sur nos mentons. Je n'avais rien prévu après, lui non plus. Quand nous déjeunions ensemble, mon frère et moi, ça nous prenait souvent la journée.

Dans le parc, on avançait tellement lentement que tout le monde nous dépassait. Une vieille dame nous a doublés avant de nous engueuler parce qu'on n'avait pas nos masques sur le nez. Nous avons dit « Pardon madame », comme des bons garçons, et nous les avons remontés jusqu'à ce qu'elle disparaisse. On ne cherchait pas les problèmes. On cherchait un film.

La scripte

Pour ouvrir le film, les deux frères avaient songé à un texte d'introduction à la *Star Wars*, du style : « Alors que la planète a vu confinements et déconfinements alterner et la société se déliter à force d'isolement, de souffrance et de peur, robotique et biogénétique n'ont cessé de faire des bonds en avant, au point que des intelligences artificielles d'apparence humaine sont désormais entièrement fonctionnelles. Au moment où sonne le Soixante-treizième Confinement, hommes et femmes se rapprochent de ces créatures incontaminables, capables de tout faire, et avec lesquelles aucune mesure de sécurité n'est nécessaire… » (Le tout en caractères inclinés qui défilent sur l'écran.) En fin de compte, ils lui avaient préféré une première scène choc, façon *Jurassic Park*, ce qui avait donné la séquence du robot qui marche seul dans l'allée d'un parc et vieillit à chaque pas jusqu'à s'effondrer par terre. C'était d'autant plus saisissant que les images étaient accompagnées de la chanson *Siffler sur la colline* de Joe Dassin. Ensuite le cadre s'élargit, la caméra s'élève et on aperçoit le chef des scientifiques qui assiste à la scène depuis sa fenêtre. Le voilà qui se retourne, abaisse son masque et s'assied à son bureau devant un écran où il tient une visioconférence avec d'autres scientifiques du monde entier. S'ensuivent cinq minutes de discussion où le spectateur apprend dans plusieurs langues et de manière plus ou moins subtile tout ce qu'il a besoin de savoir pour suivre l'histoire.

La première séquence servait également à informer le spectateur, et là de façon spectaculaire, que la seule chose que les scientifiques n'étaient pas parvenus à insuffler aux robots était le passage du temps. Toutes les tentatives de vieillissement s'étaient soldées par des échecs, souvent violents, parfois monstrueux. Les robots conservaient donc leur âge en permanence, et pour la même raison, s'ils pouvaient faire l'amour mieux que personne, ils ne pouvaient procréer. Malgré les nombreuses avancées réalisées, l'élément temporel résistait. Cela revenait à dire que le principal problème des humains, le passage du temps, était aussi, et pour des raisons diamétralement opposées, celui des robots. On trouvait des robots vieillards, des robots adultes, des robots adolescents, des robots enfants. Mais aucun ne prenait d'âge. Il y avait même des robottes enceintes dont les bébés ne naissaient jamais. De ce point de vue, elles n'étaient pas sans rappeler les playmobils.

Le scénariste

Quand vous faites vos armes dans l'écriture scénaristique on vous met en garde contre un des grands pièges, qui consiste à tomber amoureux d'une scène au point de ne pas supporter de la perdre, de la préférer au film. Un tel engouement peut entraîner la ruine de votre travail. Semblable à une personne dont on ne peut plus se passer, la scène devient l'essentiel, on se fout du reste, il faut qu'elle soit là, il faut qu'on la voie, il faut qu'on l'ait. Certains auteurs parviennent à bricoler des films entiers autour de ce genre de scènes, simplement pour les faire exister, comme on peut aménager une existence entière autour d'une personne, à seule fin qu'elle en fasse partie. Changer de pays, de travail, d'amis. Changer d'habits, d'alimentation, de langage. De comportements, de goûts, d'humour. Changer de personnalité. Fabriquer tout un univers qui intègre de façon crédible et harmonieuse la présence de l'autre à vos côtés. Les uns disent qu'on ne vous reconnaît pas, vous avez changé, vous n'êtes plus vous-même. Les autres affirment que vous vous êtes trouvé, épanoui, que vous êtes devenu vous-même. La réalité doit se situer quelque part entre les deux, c'est-à-dire que vous n'êtes déjà plus, et pas encore vous-même. Mais n'est-ce pas là notre condition permanente ? N'est-ce pas cela exister ?

Le problème, une fois que vous connaissez le piège, c'est que vous devenez méfiant envers les scènes, au point d'envoyer promener la première à laquelle vous vous attachez un peu. Le scénario se refroidit, on maintient une distance avec chaque séquence, l'histoire commence à « fonctionner ». On se réveille en sueur au milieu de la nuit, la tête pleine de scènes délaissées, si belles, si excitantes, mais on se reprend, on se raisonne, on pratique la respiration profonde et on se rendort. Un jour, le film est terminé. Il fonctionne. La production vous félicite, les acteurs vous félicitent, le public vous félicite, les critiques vous félicitent, tandis que vous, vous continuez de voir ou d'entendre au cœur de la nuit toutes les scènes abandonnées. Elles se tordent, elles crient, elles vous appellent…

La meilleure parade que nous avions trouvée, avec mon frère, c'était de tomber amoureux de toutes les scènes du film. Toutes. Même celle où le robot arrête sa voiture et descend pisser pour la première fois au bord d'une départementale. Il baisse son pantalon, regarde l'horizon, attend. Rien ne se passe, la caméra monte vers le ciel et suit le vol d'un oiseau. L'oiseau s'élève, tournoie, décrit un cercle et revient au-dessus de l'endroit où le robot est toujours en train de pisser, mais on le voit de très haut maintenant, entouré d'éléments familiers (routes, maisons, arbres, vaches), et dans ce moment suspendu on comprend qu'il a trouvé sa place sur la planète, qu'il fait partie du monde. Au départ j'étais le seul à aimer cette scène, mon frère ne voyait pas son intérêt. Je n'ai pas cherché à la défendre, j'ai attendu qu'il s'y fasse, j'étais même prêt à faire une croix dessus au moment où il m'a dit ok. « Ok, mais pas des vaches. » « Tu préfères des moutons ? » je lui ai demandé. Et il a répondu : « Oui, des moutons d'accord… »

En revanche, lorsqu'une scène fonctionnait mais qu'on ne parvenait pas à en tomber amoureux, on la dégageait, et il fallait chaque fois tout reprendre. Car au contraire de ce qui se passe quand vous abandonnez une scène qui vous hante (« Je l'ai retirée et tout s'est simplifié, dire que j'y tenais tellement ! »), lorsque vous enlevez une scène qui fonctionne, tout se déséquilibre et se casse la figure. À ce stade, soit vous prenez le parti du mystère, vous comptez sur le fait que même si vous n'y comprenez rien, votre inconscient est forcément en train de dire quelque chose – certains auteurs s'arrangent comme ça. Soit vous recommencez tout, vous essayez de relier deux scènes dont vous êtes amoureux par d'autres scènes dont vous allez tomber amoureux, jusqu'à ce qu'il ne reste plus la moindre scène dont vous ne soyez pas amoureux, que le film devienne comme une personne qu'on aimerait tout le temps, du matin au soir, dans toutes les situations, sauf que là c'est enfin possible.

La productrice

J'avais mis mon travail sur pause depuis la naissance de mon fils et j'en repoussais indéfiniment la reprise. Une partie de moi voulait rester à lire et relire les mêmes histoires d'animaux tous les jours. Me coucher tôt, me lever tôt, composer des tout petits plats, repasser des toutes petites affaires, attendre avec hâte qu'il ait l'âge que je lui montre ses premiers dessins animés, et peu à peu ses premiers films, nous deux sous une couverture inutile et douce, blottis au fond du canapé dans le néant de l'après-midi, tandis que dehors s'agitait le virus et travaillait son papa… On a beau vous dire qu'un enfant ne doit pas être un obstacle à votre épanouissement, que le meilleur cadeau que vous puissiez lui faire c'est de continuer de penser à vous, de vous occuper de ce que vous aimez, ce n'est pas la même chose de produire un film avec ou sans enfant. Même regarder un film n'est pas la même chose. Même regarder par la fenêtre n'est pas la même chose.

Je continuais de lire des scénarios pendant que mon fils faisait sa sieste mais le plus souvent je m'endormais vers la page dix, ce qui est presque toujours suffisant pour se faire une idée du film. Le problème c'est que la plupart des auteurs y voient un manque de professionnalisme, ils s'indignent que leur scénario n'ait pas été lu en entier, alors que c'est précisément l'inverse : en tant que professionnelle, je n'ai pas besoin de le lire en entier. Voilà ce que je devrais leur répondre, au lieu de tourner autour du pot pour refuser délicatement leurs textes : « Je suis désolée, je ne produis que des films que j'ai envie de voir jusqu'au bout. »

Bien sûr, le scénario du film échappait à la règle puisqu'il était inachevé. À la différence des autres, c'était lui qui ne se laissait pas lire jusqu'au bout… Et quelque chose dedans me chavirait. La surprise était que ce à quoi les humains ne parvenaient pas entre eux, prendre soin les uns des autres, ils y réussissaient presque sans effort avec les robots. Et ça fonctionnait dans les deux sens : des gens qui n'ouvraient plus leur porte à des proches acceptaient la compagnie d'inconnus robotiques, simplement parce qu'ils n'étaient pas humains. Cela allait bien au-delà de la pandémie. On répète partout que le salut se trouve dans l'autre, que la solution c'est l'autre, et c'est entièrement vrai. Le problème, c'est qu'il n'y a pas d'autre. Nous sommes tous identiques. À l'époque, j'étais dans un état particulier, pour ne pas dire limite, à passer toutes mes journées avec mon fils depuis des mois. Peut-être qu'avant sa naissance, la même idée m'aurait paru saugrenue… Là, je me suis sentie cueillie.

Le distributeur

Depuis deux ou trois confinements, même les super-héros peinaient à remplir les salles. Les spectateurs de cinéma ressemblaient de plus en plus à une espèce en voie de disparition. À chaque réouverture, la possibilité de retourner s'asseoir ensemble dans le noir pour qu'on nous raconte une histoire attirait de moins en moins de monde.

Sur le papier, c'était perdu d'avance, le scénario n'avait même pas de fin, aucun distributeur n'y serait allé. Je n'ai pas hésité, j'ai foncé, j'ai mis toutes mes billes dans le film.

Le réalisateur

Les premières générations de robots imaginés par mon frère avaient toujours un objectif ou une mission, un chemin de vie tracé par les programmeurs, un rôle à jouer. Ceux du film étaient des êtres qui, s'ils étaient créés de toutes pièces, évoluaient simplement en fonction des événements et de leurs relations avec les humains, ce qui finissait par les rendre imprévisibles. Ils étaient « lâchés » dans le monde sans but précis, sans fonction particulière, de simples individus ajoutés à la communauté humaine et libres d'aller où ils voudraient. D'une certaine manière, je crois que mon frère attendait qu'ils s'écrivent eux-mêmes.

La productrice m'avait convaincu de commencer sans attendre. La pandémie rendait les conditions de tournage de plus en plus contraignantes. D'ici peu on allait devoir réaliser des films en visio… Mon frère était contre, mais face à la réalité, mon frère est toujours contre. Le jour de sa naissance, il devait être contre le choix de la clinique, ou la couleur de la chambre, ou la tête de la sage-femme. La plupart du temps, je réussissais à me servir de cette énergie, et quelquefois je devais lui taper sur les doigts. Ce que j'avais fait, à ce stade. Il marmonnait que c'était impossible, qu'il ne savait pas lui-même où l'histoire allait, qu'il n'était pas certain d'arriver à la terminer, qu'il était sur le point d'abandonner et de commencer autre chose de toute façon, qu'il avait même songé à arrêter complètement d'écrire, à partir vivre à la campagne, au bord d'un lac, et cetera. J'ai attendu qu'il termine son cirque et je lui ai dit : « D'accord, je comprends. Tant pis alors. » Il y a eu un lourd silence. Mon frère m'a regardé, sidéré. « Comment ça tant pis ? »

Le directeur de production

Avec le virus, le plus simple était de loger toute l'équipe au même endroit pendant deux mois. La production avait déniché un vieil hôtel trois étoiles qu'elle avait sauvé de la faillite en louant toutes ses chambres à un prix imbattable. L'établissement se trouvait en région parisienne, à Villejuif, dans le Val-de-Marne. Dans son passé très lointain, il avait dû faire partie d'une chaîne hôtelière, Ibis ou Mercure ou quelque chose dans le genre. La chaîne s'en était débarrassée et l'avait cédé à un indépendant qui s'était contenté d'en effacer les signes distinctifs – comme ces véhicules La Poste vendus à des particuliers, qu'on reconnaît seulement à leur jaune délavé. Dans le cas de l'hôtel, la couleur avait dû être un vieux rose, ou un rose qui avait vieilli depuis, et je ne savais pas à quelle chaîne le relier, peut-être avait-elle disparu elle-même. Beaucoup d'établissements de ce type – gestion familiale, pas un sou qui dépasse, à terre au premier coup dur – avaient commencé à sombrer dès les premiers confinements. Les propriétaires étaient tellement reconnaissants envers la production de les sauver d'une mort certaine qu'ils étaient aux petits soins avec nous. On n'avait qu'à lever le doigt et, dans la mesure de leurs moyens, ils répondaient à nos demandes.

Je me souviens qu'au fil du tournage les petits déjeuners étaient devenus de plus en plus bariolés. Chaque tablée avait un style (continental, anglais, allemand, espagnol…) et on se regroupait par goût, plutôt que par connaissance ou domaine professionnel. Des électriciens partageaient des haricots blancs et du bacon avec le scénariste et la scripte, tandis que le réalisateur mangeait des croissants au chocolat en discutant avec des enfants acteurs. L'ingénieure du son dévorait une tortilla avec sa, son ou ses partenaires de la nuit. De mon côté je me régalais de pancakes tous les matins, ça me rappelait mes années d'études à Brooklyn. L'actrice qui jouait l'héroïne adorait ça aussi, ce qui me valait le plaisir de sa compagnie. Il n'y avait que la star qui ne prenait pas de petit déjeuner. Il restait dans sa chambre et se faisait monter des litres de thé vert. Il devait faire de la gym ou peut-être du yoga. Ou alors il se privait de nourriture pour s'immerger à fond dans son rôle de robot.

La star

La grosse idée du film c'était l'histoire des masques. Toutes les maisons de production cherchaient à les éviter. Même les spectateurs les plus résistants n'avaient pas envie de retrouver des gens masqués à l'écran. Par conséquent, la majorité des scénarios se passaient avant la pandémie, ou dans un présent sans pandémie, ou dans un futur où le virus aurait disparu. Si un scénariste osait s'attaquer au sujet, c'était toujours dans un cadre intimiste ou familial, pour que les personnages puissent ôter leur masque sans que les scènes perdent en crédibilité. Mais puisque les robots du film ne craignaient pas le virus, puisqu'ils ne pouvaient ni l'attraper ni le transmettre, ils n'avaient nul besoin de masque et les acteurs qui les interprétaient pouvaient jouer n'importe quelle situation à visage découvert.

Le scénariste a toujours dit qu'il avait trouvé cela par hasard mais je crois qu'il mentait, que c'était sa contrainte de base. Je sais qu'à l'époque mon agent exigeait des rôles non masqués pour moi. J'étais devenu tellement rentable qu'une maison de production aurait très bien pu réunir des auteurs et les faire plancher sur un scénario me permettant de jouer sans masque, quels que soient le sujet, le genre ou l'époque, simplement pour m'avoir au casting. Tout le film aurait pu se monter autour de ça, pour ne pas dire de moi.

J'étais avant tout un acteur d'action et même si le film s'est mis à ressembler de plus en plus à une histoire d'amour, les scènes où j'évoluais à visage découvert au milieu d'humains masqués avaient de l'envergure. C'était tout l'inverse des super-héros. D'un coup, on me voyait apparaître sans masque dans un hypermarché à l'heure de pointe et les autres clients me lançaient des regards pleins de peur ou d'envie, de haine ou d'amour. Le film jouait beaucoup sur cette différence, un peu trop à mes yeux. Quand le scénariste a eu l'idée que le robot principal (moi) porte exprès un masque dans le but de passer pour un humain aux yeux de l'héroïne, les répétitions avaient déjà commencé. Ça partait dans tous les sens, mon agent déboulait à l'hôtel pour protester et discuter des clauses du contrat avec la productrice… En fin de compte, c'est moi qui ai réglé le problème en donnant mon accord pour un nombre limité de scènes masquées. Je savais que le plaisir qu'auraient les spectateurs à retrouver mon visage après en avoir été privés me serait bénéfique. Comme quand on joue à « Coucou, je suis là » avec un enfant. Je suis là, je ne suis plus là… J'ai mis des années à le comprendre, mais ce simple jeu constitue la base de toute relation durable, que ce soit avec un conjoint, des enfants, des amis, et même un public. Il faut savoir s'absenter pour rester présent.

Je n'ai pas expliqué tout ça à mon agent, évidemment, je lui ai juste dit qu'en portant un masque de temps en temps j'aurais moins de chances d'être contaminé, mais il a trouvé mon revirement bizarre. Le risque de contagion était déjà devenu une excuse pour tout et n'importe quoi, la planète entière s'en servait. Des gens mettaient soudain un point d'honneur à protéger leurs beaux-parents, leurs parents ou leurs enfants pourvu que cela leur permette de ne plus les voir… Face au regard incrédule de mon agent, je me suis rabattu sur la seule chose qui l'intéressait : je lui ai avoué que l'actrice qui jouait la petite robotte m'excitait. Il a rigolé et m'a tapé dans le dos, cette raison-là lui allait… C'était vrai, bien sûr, mais ça n'avait rien à voir avec mon envie de faire le film. Si j'avais dû accepter un rôle chaque fois qu'une actrice secondaire m'excitait, ma filmographie serait remplie de navets.

La productrice

Le non-port du masque ne pouvait pas être la contrainte initiale du scénario. Dans leur jeunesse, les deux frères avaient travaillé sur un projet dans lequel on ne voyait pas un seul visage. La vie normale avec seulement des dos, des nuques, des silhouettes. Même pour les scènes avec deux personnages, pas de visage… Ce film-là n'avait jamais vu le jour mais ce n'étaient pas des petits masques qui allaient leur faire peur.

L'héroïne

En dehors de nos scènes, la star me regardait à peine. Pendant les pauses, il était toujours après l'actrice qui jouait la robotte. Et dès qu'on s'arrêtait de jouer, tout le monde voyait bien qu'il se moquait de son grand amour impossible… À force, j'avais du mal à y croire moi aussi, mais ça c'était bien, ça donnait de la profondeur à mon rôle, cette incrédulité de pouvoir être aimée. D'autant que dans la vie je serais plutôt l'inverse, à avoir du mal à croire qu'on ne m'aime pas. Je peux le comprendre, je peux l'accepter (on n'a pas trop le choix), mais dans le fond je n'y crois pas… En même temps, à côté de la robotte, c'était dur de rivaliser. Cette fille émanait le sexe dès sept heures du matin, ce qui est loin d'être mon cas. Moi, ce serait plutôt vers onze heures, onze heures trente, quand tout le monde commence à penser au déjeuner. Ajoutez à cela l'avantage qu'elle avait de ne pas porter de masque chaque fois qu'elle tournait une scène, comme tous les robots dans le film… Le mien, je le retirais surtout pour sortir fumer dans la cour. J'avais repris la cigarette dès les premiers jours du premier confinement, après huit ans d'arrêt complet. Je pensais avoir tourné la page pour de bon mais le contexte était vraiment trop idéal : mon balcon toute la journée, le soleil, aucune obligation, tous ces moments de vide, et personne pour m'ennuyer. Les enfants chez leur père, leur père dans sa cambrousse, mon amant de l'époque bloqué en Martinique, aucune visite de ma mère pour me faire la morale, ta grand-mère en est morte et patati. Dès la troisième semaine, j'avais réatteint un paquet par jour.

On ne m'avait jamais proposé de rôle aussi important, avec une star en plus, la condition étant de porter un masque dans la plupart des scènes. Pour cette raison, beaucoup d'actrices bien plus connues que moi l'avaient refusé. En particulier lorsqu'elles avaient appris que la star, la robotte et une multitude d'actrices et d'acteurs secondaires, tertiaires ou quaternaires, n'en porteraient pas. Le plus rageant c'était que, logiquement, le héros étant un robot, j'aurais dû pouvoir enlever mon masque chaque fois que je me retrouvais seule avec lui. Mais à partir du moment où le scénariste avait eu la bonne idée que le robot se fasse passer pour un humain en portant un masque – entre autres pour arriver à ses fins avec moi, enfin avec mon personnage, parce que dans la vie, je vous l'ai dit, c'était à peine si j'avais droit à un regard –, j'étais obligée de garder le mien aussi. D'autant qu'une autre bonne idée qu'avait eue le scénariste, c'était que mon personnage attrape le virus et craigne de contaminer le robot qu'elle prenait pour un homme et qu'elle aimait… Ce qui fait que pendant les deux tiers du film, dans toutes nos scènes ensemble, nous portons tous les deux un masque, et que dans toutes les scènes sans moi, en particulier celles avec la robotte, il ne porte pas de masque et elle non plus. Je ne dis pas que ça explique tout, et que si la star avait pu voir mon visage chaque fois qu'on jouait il aurait été davantage sensible à mon charme… Mais si, en fait, je le dis.

Le directeur de production

Le bon côté de la quarantaine imposée à l'équipe avant le tournage, c'étaient les répétitions qui avaient eu lieu tout du long. Je pense à la fluidité du jeu des acteurs après ça, à leur ouverture, à leur souplesse, à leur confiance dans le film aussi.

Comme l'hôtel était grand, entièrement à notre disposition, et que les propriétaires ne demandaient pas mieux que de rénover les lieux, nous avions réussi à transposer tout l'environnement du film entre le parking, la cour, le sous-sol désaffecté, le rez-de-chaussée avec ses deux grandes salles de réception, et les trois étages de chambres jusqu'au toit-terrasse. Certains décors étaient seulement symboliques mais certaines scènes devaient réellement être tournées à l'hôtel, c'était le cas de plusieurs intérieurs, en particulier des scènes de cuisine et de salle de bains. Figurer le zoo de Vincennes sur le parking restait compliqué, on utilisait surtout des marquages au sol avec des scotchs de différentes couleurs, et pour tous les éléments importants qui pouvaient manquer aux acteurs, on écrivait au marqueur sur des feuilles qu'on affichait comme on pouvait : PLACARD, FENÊTRE, VOITURES, ASPIRATEUR, JUKE-BOX, TOUR EIFFEL, GIRAFES, FOULE, etc. Les répétitions se passaient donc devant un fond de mots dont les images se mettaient à apparaître au fur et à mesure que les acteurs y croyaient et les visualisaient. Le chef opérateur travaillait les mouvements de caméra, le réalisateur dirigeait les acteurs, et chaque fois qu'un petit rôle manquait (la quarantaine ne concernait que l'équipe principale) soit on affichait une feuille portant son nom (VOISIN, PASSANTE, CHAT, CAISSIÈRE, CHARCUTIER, BEAU-PÈRE, ROBOT MÉCHANT), soit c'est le scénariste qui s'y collait. Il connaissait tous les rôles par cœur, et par-dessus tout il avait l'air tellement content ! On aurait dit un enfant qui préparait un spectacle. Au début j'attribuais ça au fait de se sentir soudain utile, mais il y avait autre chose, que je n'ai compris qu'à la fin de la période de répétition. C'était la première fois de sa vie que le scénariste pouvait être autant de personnes en si peu de temps, et avec l'assentiment de tout le monde. Il nageait dans un bassin d'identités, passait d'une incarnation à l'autre avec l'aisance d'une loutre. Le dernier soir des répétitions, le réalisateur m'a avoué qu'il n'avait jamais vu son frère aussi heureux. On buvait tous les deux au bar de l'hôtel, moi du whisky, lui de la verveine. J'ai répondu qu'en le maquillant, on pourrait le garder pour certains rôles, ça ferait des économies d'acteurs, et des risques de contagion en moins. Le réalisateur a rigolé. J'ai dit que j'étais sérieux, j'ai repris un verre, j'ai insisté, jusqu'à ce qu'il m'explique avec autant de sérieux que ça ne marcherait pas. Que ce qui animait son frère ce n'était pas seulement de se mettre dans la peau de tous ces personnages, c'était que ce soit pour de faux, comme un grand jeu. Dès l'instant où une caméra le filmerait, il commencerait à angoisser et perdrait toute forme de plaisir. J'ai réfléchi en sirotant mon whisky avant de dire qu'un film aussi, c'était pour de faux. Et là, le réalisateur m'a répondu que non, pas pour son frère.

Un acteur

Je n'avais jamais autant répété de ma vie, quelle galère… Si j'avais choisi le cinéma, c'était pas pour faire du théâtre. Heureusement, c'était le grand frère qui s'occupait de diriger les acteurs. L'autre taré observait en retrait et murmurait des trucs à l'oreille de son frère pendant les scènes. Chaque fois que je les regardais, je remerciais mes parents d'être fils unique. Un jour, j'ai profité d'une pause et je suis carrément sorti les appeler. Mon père faisait de la perceuse, ma mère disait qu'elle n'entendait rien et répétait : « Quoi ? Qu'est-ce que tu dis ? », pendant que moi j'étais dans la rue en train de hurler dans mon téléphone : « Merci de ne pas avoir fait d'autre enfant ! »

Le chef opérateur

Que le scénariste soit le frère du réalisateur ne simplifiait pas les choses. Quand ils étaient sur la même longueur d'onde c'était impressionnant, comme un monstre à deux têtes, l'un commençait une phrase que l'autre terminait, mais dès que leur fréquence se brouillait, il fallait tout discuter, rediscuter, la couleur des assiettes, l'emploi d'un adjectif, le plissement de front d'un acteur. En général, je sortais des écouteurs sans fil que je glissais sous mon bonnet, et je mettais le son à fond pendant qu'ils se chamaillaient. Lorsque je voyais qu'ils m'interpellaient, je baissais le volume. Ils n'arrêtaient pas de me demander mon avis, comme pour les départager. Au début j'avais toujours peur de m'en mettre un à dos, puis j'ai compris qu'ils étaient comme des gamins empêtrés que seul un adulte pouvait sortir de là, qu'ils s'en remettaient à moi comme à un papa. Chaque fois, je tranchais, et loin de m'en vouloir ils me remerciaient tous les deux. Il fallait les voir ! Je les sortais de leur désaccord, ils retrouvaient aussitôt leur longueur d'onde et l'un allait se servir un café que l'autre terminait.

L'accessoiriste

À la différence des autres films censés se passer pendant la pandémie, il y avait très peu de scènes où les acteurs mangeaient. À l'époque, la plupart des scénarios alignaient les séquences de repas, goûters, petits déjeuners, apéros, afin de permettre aux personnages d'enlever leur masque sans perdre en véracité. Il y avait même des meurtres en mangeant. Sur certains tournages, j'avais fini par me sentir davantage chef cuisinier qu'accessoiriste. Là, c'était tout le contraire. D'un côté, des robots sans masque qui n'avaient pas besoin de s'alimenter. De l'autre, pour que le contraste soit saisissant, des humains le plus souvent masqués. Les seuls moments où ils pouvaient enlever leur masque sans crainte d'être contaminés étaient ceux où ils se trouvaient en compagnie exclusive de robots, comme si l'immunité robotique devenait elle-même contagieuse.

À mes yeux, tout le message du film résidait là : nous avons perdu notre humanité, seuls les robots sont capables de nous la rendre. Je n'irais pas jusqu'à parler d'œuvre transhumaniste, je ne suis pas certain que les deux frères connaissaient ce mot… Pour être franc, par moments, je me demandais si eux-mêmes savaient ce qu'ils fabriquaient.

La directrice de casting

Ils avaient pris la majorité des comédiens que je leur avais proposés, mais pas un seul dans le rôle indiqué. J'avoue que je me suis remise en question, quand on se trompe autant sur les gens… L'expérience s'est révélée fondamentale pour moi, autant dans ma carrière que dans ma vie privée. Elle m'a appris à me méfier de ce qu'on appelle l'intuition, qui n'est souvent qu'un gros tas de projections.

Un acteur

Mon agente me répétait que je serais la première personne qu'on verrait dans le film, que je deviendrais peut-être célèbre pour ça. Je ne savais pas si elle se moquait de moi ou du film… Non seulement c'était du cinéma indépendant mais je devais mourir au bout d'une minute. J'ai commencé par refuser, ce genre de rôle servait rarement de tremplin à une carrière, même dans des superproductions. Est-ce que la fille qui va se baigner au début des *Dents de la mer* est devenue une star ? Sans parler du type qui lui court après… C'était mon unique proposition depuis des mois et mon agente m'encourageait à regarder le bon côté : pour tous ceux qui ne dépasseraient pas la première minute, je resterais l'acteur principal.

Le jour du tournage, le plus difficile n'avait pas été de mourir mais de quitter le plateau. Vous arrivez un matin, vous rencontrez toute l'équipe, une nouvelle famille, et dès la fin de la journée, vous pouvez rentrer chez vous. « Merci, au revoir, c'est bon pour nous. » Voilà tout ce que vous valez aux yeux de votre nouvelle famille… Je souffre peut-être d'une blessure d'abandon, voire de rejet. Je ne doute pas que d'autres professionnels traversent la même situation avec plus de sérénité, qu'ils vont de famille en famille sans la moindre amertume, le moindre besoin d'être désiré au-delà de leur fonction. Ça n'est pas mon cas. Me lever seul le jour suivant, les savoir tous là-bas en train de continuer le film, rester en pyjama dans ma cuisine, c'était comme être confiné dans le confinement. Surconfiné, ou hyperconfiné… J'ai senti que je ne tiendrais pas le coup, j'ai tapé du poing sur le plan de travail et j'ai décidé d'y retourner. J'ai prolongé mon attestation professionnelle, j'ai pris ma voiture, je suis passé faire un test et je les ai rejoints. Ils préparaient une scène de nu avec des acteurs sans masques, l'effectif était réduit au minimum, on m'a demandé ce que je faisais là. J'ai répondu que je ne dérangerais pas, que je voulais seulement être avec eux. Ma minute de la veille s'était très bien passée, les deux frères se sont regardés et le réalisateur a dit ok. J'ai montré mon test, on m'a demandé de signer le document selon lequel j'acceptais des conditions à risques. La production faisait très attention à ce que personne ne puisse se retourner contre elle si on tombait malade. Ça créait une espèce de tension sur le tournage, comme si on se livrait à de l'art extrême, seulement parce qu'une poignée de gens se parlaient à visage découvert… Depuis la pandémie, un acteur qui prenait des risques, un casse-cou, c'était un type qui osait enlever son masque pour jouer. Je pensais à Jean-Paul Belmondo, à

Harrison Ford, à Tom Cruise, la barre avait baissé quand même…

Je me suis tenu dans un coin, j'ai fait comme si mon métier était d'observer, comme si j'étais un expert en observation auquel on faisait appel sur les plus grands plateaux. À un moment j'ai donné un coup de main pour porter une baignoire, et peu à peu, sans m'en rendre compte, je suis devenu l'acteur à tout faire sur le tournage. Les premiers jours, je rentrais dormir chez moi. Un soir, on a fini très tard et les deux frères m'ont proposé de rester à l'hôtel, dans une des toutes petites chambres du dernier étage. Je ne me suis pas fait prier, j'y ai tout de suite élu domicile.

La scripte

La scène de nu dans la salle de bains était surtout là pour montrer aux spectateurs que les robots partageaient l'ensemble de notre anatomie, qu'ils n'avaient rien à voir avec des playmobils… Dans le scénario, la scène faisait trois lignes. Un robot mâle et un robot femelle, des modèles classiques, magnifiques, parfaits, se préparent dans leur salle de bains. L'un dans la baignoire, l'autre devant le lavabo. Rien d'autre ne se passe, pourtant tout le monde s'en souvient. C'était si difficile de croire que ces êtres n'étaient pas amants. Une tension sexuelle inédite jaillissait de la scène, comme si l'impossibilité de tout rapport entre les deux robots la décuplait. On avait beau savoir que ça n'arriverait pas, on n'attendait que ça… Et l'acteur et l'actrice aussi. Mon métier de scripte m'obligeait à ne manquer aucun détail, et à force de les observer, j'avais surpris certains gestes laissant penser qu'ils avaient déjà remédié à la situation. En fin de compte, c'était surtout la tension sexuelle entre la star et la robotte qui donnait toute sa force à la scène. Plus exactement, le contraste entre l'attirance qu'ils éprouvaient l'un pour l'autre et les êtres privés de désir qu'ils incarnaient. Un peu comme quand on joue l'innocente à côté d'une personne sur qui on est prête à se jeter au premier signal.

La robotte

Ça a démarré au milieu des répétitions, le jour où le camion du traiteur est tombé en panne. C'était l'heure du déjeuner et la star a aussitôt proposé d'aller chercher des pizzas. Tout le monde a eu du mal à y croire, une star en train d'acheter des pizzas, mais tout le monde avait faim, et puis tout le monde a réfléchi, ça devait bien lui arriver aussi. Il faut dire qu'avec les masques, c'était devenu beaucoup moins pénible d'être connu. Dans la profession, le bruit courait que le virus avait été lancé par des célébrités en mal d'anonymat, lasses d'être les seules à vivre cloîtrées chez elles. On a beau aimer être regardé, ça peut vite se transformer en enfer. Personnellement, j'accordais plus de prix à pouvoir manger un sandwich en paix sur un banc public qu'à faire la couverture d'un magazine. Question de priorités. Quand j'ai entendu la star parler d'aller chercher des pizzas, j'ai tout de suite proposé de l'accompagner. L'actrice principale m'a regardée de travers mais les autres n'y ont vu que du feu. Nous étions nombreux, ça faisait beaucoup de pizzas, c'était logique qu'il n'y aille pas seul. On aurait même pu y aller à trois, mais ça, lui comme moi nous sommes bien gardés de le dire. Depuis le premier matin du premier jour des répétitions, on savait qu'on allait faire l'amour. C'était écrit entre nous, il suffisait de savoir lire. On s'était contentés de regarder le temps sexuel s'écouler, comme dans un sablier, et voilà que les derniers grains étaient en train de tomber…

Nous sommes partis tous les deux en empruntant la voiture du réalisateur, complètement dépassé par l'incident du traiteur. C'était le genre de réalisateur plein d'assurance dans son domaine et pas du tout en dehors. Il pouvait faire évoluer une centaine de figurants avec un porte-voix, et une fois rentré chez lui, avoir peur de croiser sa gardienne. Sa voiture ressemblait à un taudis, on osait à peine poser les pieds dedans, comme si des enfants y avaient joué, mangé et dormi pendant des semaines. Mais le sablier arrivait à son terme et notre désir était si fort que nous aurions pu faire ça dans un local à poubelles. La star est montée au volant, je me suis assise à côté, on ne s'est même pas regardés. Il a démarré et dix minutes après on était sur le parking d'un cimetière, à cent mètres de la pizzeria. Le pizzaiolo nous avait annoncé un quart d'heure d'attente. La star a reculé le siège conducteur, je me suis mise à califourchon sur lui et les pizzas n'ont pas eu le temps de refroidir. Tout le monde nous attendait pour déjeuner… C'est seulement les jours suivants qu'on a commencé à prendre notre temps.

Le réalisateur

J'ai compris que quelque chose se passait entre la star et la robotte le matin où celle-ci n'est pas descendue prendre son petit déjeuner. Le problème avec ce genre de filles, c'est qu'on remarque très vite leur absence. Je l'avais dit à mon frère lors du casting, que son érotisme était trop fort, ou pas assez normal. Il m'avait répondu que c'était précisément la condition des robots, d'être trop forts, ou pas assez normaux. Vous auriez vu le bout d'essai de la robotte, on pouvait à peine écouter ce qu'elle disait. Pas étonnant que son rôle ait gonflé au fur et à mesure.

On avait toujours procédé comme ça, mon frère et moi, en laissant une part d'évolution possible au scénario. Pour nos films précédents, il s'agissait d'une vraie méthode, l'ensemble du film était écrit et bougeait assez peu en fin de compte. Nous laissions place à l'improvisation parce que c'était notre façon de mener les acteurs et le reste de l'équipe. De les garder dans le moment présent, le suspens, l'inattendu. Afin qu'ils créent une part de l'histoire avec nous, plutôt qu'ils s'endorment à force de tout connaître. Mais sur ce film, ce que seuls la productrice, mon frère, la scripte et moi savions, c'était que le scénario avait toutes les chances d'évoluer pour la bonne raison qu'il n'était pas terminé.

Le chef décorateur

Les endroits inoccupés étaient si nombreux que pour les décors on avait le choix, à condition de se tenir à un périmètre limité. La majorité des scènes étaient filmées à moins de dix minutes à pied de l'hôtel où l'équipe logeait, quand ce n'était pas à l'hôtel même. Une école, une salle de sport, un restaurant, une rue, il suffisait d'amener des figurants et les lieux s'animaient pour nous. Comme si la ville entière était devenue un studio à ciel ouvert où nous n'avions plus qu'à recréer la vie.

En temps normal, un bon décor c'est celui qui ne se voit pas, qui s'intègre dans l'existant. Là, c'était l'existant. Ça me rappelait le film où les pensionnaires d'un asile occupent un village déserté par ses habitants. Il y en a un qui joue au coiffeur, l'autre au prêtre, et ainsi de suite. On se sentait comme eux, avec la réalité pour cour de récréation. Sauf pour la scène du robot dans l'hypermarché : les grandes surfaces ayant l'autorisation de rester ouvertes, on avait dû s'arranger pour tourner la nuit. Vu la quantité de néons qu'ils utilisaient à l'intérieur, on n'avait pas eu trop de mal. Les mesures sanitaires qui menaçaient chaque jour d'interrompre le tournage ajoutaient à notre excitation. Les autorités pataugeaient, la situation avait atteint un point où on ne comprenait plus rien à ce qui était autorisé ou non. C'était dans cette brèche que le film se faisait, chacun derrière son masque, à part les robots quand on tournait les scènes.

Un assistant de production

Après l'incident du traiteur, la production avait décidé de confier l'ensemble du catering aux propriétaires de l'hôtel, qui s'occupaient déjà du petit déjeuner. Ceux-ci ont fait venir un de leurs neveux ou cousins qui était chef dans une grande brasserie parisienne et qui n'avait plus que son studio pour cuisiner. Ça s'est révélé la meilleure décision de tout le tournage. À partir de là, l'engagement et le professionnalisme de chacun ont monté d'un bon cran. Peu importait le poste que vous occupiez, même douzième assistant, quand l'heure du repas arrivait vous étiez fier de participer au film. Je me souviens encore du céleri rémoulade… Jamais je n'en ai goûté d'aussi merveilleux. Toute l'équipe léchait son assiette. Seules les habilleuses se plaignaient de devoir faire sans cesse la police pour que les acteurs enlèvent leurs costumes avant de se précipiter au restaurant de l'hôtel.

Pour un film où personne ne mangeait, je peux vous dire qu'on se régalait.

Un maquilleur

Sur certains tournages, vous avez intérêt à avoir une vie intérieure fournie. Les temps d'attente, temps de pause, temps morts envahissent la moitié de vos journées et si vous êtes un peu fragile psychologiquement, ou juste mal à l'aise avec l'inoccupation, vous ne pouvez pas tenir. J'ai vu des types quitter le plateau ou se mettre à picoler dès huit heures du matin. Même quand on pense aller bien, on peut être surpris… Un monde intérieur, ça se travaille, ça s'explore, ça s'organise. C'est pour ça qu'il faut développer des techniques. Il y en a des tas, mais elles demandent une certaine force mentale, et mieux vaut ne pas attendre la dernière minute pour s'y mettre. Personnellement, celle que j'utilise le plus c'est le montage de ma vie à la manière d'un plan de tournage. Vous savez qu'on ne tourne pas les séquences d'un film dans l'ordre. Ça fait partie de la magie du cinéma. Quand c'est bien fait, c'est vraiment difficile à croire : deux scènes qui se suivent, ou simplement un personnage qui change de pièce, sont souvent filmées à des semaines d'écart. Pour des contraintes d'emploi du temps ou de budget, on rassemble toutes les scènes qui se passent dans un même endroit, ou toutes les scènes avec un même acteur, ou toutes les scènes où cet acteur porte une barbe, ou toutes les scènes avec des caméras supplémentaires, ou toutes les scènes avec les mêmes costumes ou maquillages… Bref, les critères sont multiples, mais on tourne par lots. Ce qui fait que deux acteurs peuvent jouer une engueulade, ou même une rupture, deux semaines avant de jouer leur première rencontre. Ou qu'une actrice peut mourir le matin, et préparer un gâteau l'après-midi, pour peu qu'elle porte la même coiffure à ces deux moments.

Sur cette base, je détermine moi-même un critère et je cherche dans ma mémoire les scènes de ma vie que je peux regrouper. Tous les moments que j'ai passés avec mon grand-père. Ou toutes les fois où je suis allé chez Ikea. Ou toutes les occasions auxquelles j'ai porté mon costume bleu… Ou tout ce que j'ai vécu dans le jardin des Tuileries, enfin tout ce dont je me souviens, une jeune fille brune qui m'embrasse sur un banc en pierre, une blonde qui m'engueule sous les arbres, ma femme qui rit devant le Jeu de Paume, ma dernière cigarette seul sur un banc, ma fille qui saute sur les trampolines, une Espagnole qui prend ma main autour de la grande fontaine, une Italienne avec qui je bois du champagne dans l'herbe, mon ex-femme qui pleure dans l'Orangerie, Anita qui court sous la neige, oh mon Dieu, Anita… et plus jeune je ne me souviens pas, nous habitions loin de Paris mais peut-être qu'au gré d'une visite à la capitale, mes parents sont passés par là, peut-être que j'ai joué autour de ces mêmes bancs, ou plus jeune encore, que j'ai contemplé le ciel depuis ma poussette, le ciel de Paris pour la première fois, sans soupçonner tout ce qui allait m'arriver dans ce rectangle de neuf cent vingt mètres de long sur trois cent vingt-cinq mètres de large. Ça pourrait durer longtemps si à un moment le premier assistant ne criait : « On y retourne ! »

Certains critères sont plus inspirants que d'autres mais je vous promets que ça occupe, et il m'arrive de pester intérieurement quand le boulot reprend et que je n'ai pas fini mon plan du jour. Je me demande s'il y a des acteurs qui subissent une déformation professionnelle, à force. Qui se mettent à vivre ou à faire des choses dans un ordre non chronologique pour plus d'efficacité. Par exemple, ils sont en train de déjeuner au restaurant et ils se disent : « Tiens, tant que je suis là, j'ai qu'à dîner aussi. » Ou ils s'engueulent avec leur conjoint ou leur conjointe dans leur chambre, et ils passent directement au rapport sexuel qui met normalement trois jours à arriver. Ou l'inverse, ils commencent par faire l'amour et se lancent ensuite dans l'engueulade qui devait avoir lieu avant, ce qui suppose quand même que les deux soient acteurs et familiers de l'exercice. Ou encore ils se rendent sur la tombe de leurs parents et vont ensuite prendre un café avec eux. Ah non ça, ça ne marche pas. Pas dans la vie. Mais au cinéma, oui… La voilà, la magie.

Un acteur

J'étais un des rares acteurs à jouer deux rôles, un robot sous mon vrai visage, et un humain maquillé et vieilli. Le type qui devait interpréter l'humain avait attrapé le virus juste avant le tournage et comme j'avais déjà joué dans plusieurs films des deux frères, ils avaient rapidement pensé à moi. En dehors du double cachet, j'étais plutôt contre, mais la voiture venait de nous lâcher et ma femme prenait trois bus pour accompagner nos enfants à l'école… J'ai accepté de me transformer et mon nouveau rôle s'est révélé beaucoup plus facile que l'autre. Je n'avais qu'à m'imaginer vieux, ce qui est plus plaisant qu'on ne pense. Bien sûr, je ne m'imaginais pas les douleurs dans le dos, la pissouille ou les insomnies. Juste une espèce de recul, voire de sagesse. Tandis que pour jouer les robots, on galérait tous, y compris la star. Les premières répétitions, c'est tout juste si on ne se déplaçait pas en faisant des gestes mécaniques… Le réalisateur était consterné, il essayait un tas de consignes différentes : « Vous êtes des robots seulement à l'intérieur», «Vous êtes les seuls à savoir que vous êtes des robots», et même «Vous ne savez pas que vous êtes des robots». Rien n'y faisait, tout le monde ramait. On en faisait trop ou pas assez, non-jeu, sur-jeu, anti-jeu, sous-jeu, que sais-je encore, toutes ces inepties dont on se gargarise dans les cours de théâtre. Même ceux qui ne juraient que par la Méthode ne s'en sortaient pas, incapables de trouver une source personnelle qui déclenche une sensation de robotisme.

Finalement la lumière a jailli le jour où le grand frère a eu un coup de génie et dit : «Écoutez, voilà ce qu'on va faire : vous n'êtes pas des robots.» On s'est tous regardés : ah bon ? Chacun réagissant selon sa personnalité, certains navrés qu'ils aient dû changer le scénario par notre faute, d'autres indignés par le manque d'intégrité des auteurs, d'autres atterrés par leur versatilité, d'autres simplement moqueurs, et d'autres surtout soulagés : ah enfin, terminée, cette histoire de robots, on va pouvoir jouer dans un film normal. Ça n'était qu'une consigne mais elle a marché à merveille, précisément grâce aux personnalités de chacun.

Le plus dur pour le réalisateur a été de tenir la consigne jusqu'au bout, en particulier face aux nombreuses questions des acteurs et des actrices, du type : «Mais pourquoi je lui demande si c'est sa première fois avec une robotte alors que je ne suis pas une robotte ?» Le grand frère posait sur nous un regard calme, nous disait de nous tranquilliser, de ne pas tant nous occuper du texte, de continuer de jouer. On haussait les épaules et ça nous mettait dans un état tellement bizarre, cette histoire de ne pas être ce qu'on était tout en étant ce qu'on n'était pas, que lorsque j'ai vu le résultat la première fois à l'écran, j'ai été complètement scié. Franchement, on avait tous l'air de robots.

Une actrice

Mon souvenir c'est qu'assez vite un fossé s'est creusé entre les acteurs qui interprétaient des robots et ceux qui jouaient des humains. Je pense que le port et le non-port des masques y étaient pour quelque chose, d'autant qu'une double menace pesait en permanence dans l'air : pour chacun, attraper le virus, et pour tous, que le tournage soit arrêté.

J'ignore comment la production avait obtenu l'autorisation de faire tourner des acteurs sans masques. Même s'ils ne les enlevaient que lorsque la caméra tournait, ce qui n'était pas si fréquent vu le nombre de répétitions qu'on nous faisait faire, le stress était là. En retour, comme c'est souvent le cas, ce même stress nourrissait le film, et la division des acteurs en deux clans a rendu encore plus tangible le côté shakespearien de l'histoire, un robot et une humaine qui s'aiment malgré leurs différences. Même si dans la vraie vie, pendant les pauses, et dès qu'ils avaient cinq minutes, tout le monde sait que c'est un robot et une robotte qui se sont aimés.

L'héroïne

Avec ce qui se passait entre la star et la robotte, j'avais de plus en plus de mal à tenir mon rôle. C'était tout juste s'ils n'allaient pas baiser pendant les pauses. Et puis la star réapparaissait, l'air complètement ailleurs, pour tourner une scène dans laquelle nous étions censés être éperdument amoureux. Ça devenait impossible à croire, autant pour moi que pour n'importe qui sur le plateau. Mais ça n'avait pas l'air d'inquiéter les deux frères. Je me rendais compte que plus les acteurs étaient empêchés dans leur interprétation, plus ils étaient contents. Le malaise indicible qui pouvait naître entre humains et robots, même au plus fort de leur rapprochement, ils choisissaient de le montrer de cette manière, par un malaise des acteurs eux-mêmes. Autant sur le coup, je trouvais ça médiocre, presque honteux, autant j'avoue que le résultat à l'écran était subjuguant. Lors des premières du film, après la projection, des gens venaient nous voir pour nous demander comment on avait fait, quelle « méthode d'acting » on avait employée… Chaque fois j'hésitais entre rire ou pleurer. Je cherchais la robotte des yeux, quelqu'un d'autre lui parlait, elle pleurait de rire.

L'assistant opérateur

Je revois encore mes très gros plans de la robotte, je continuais d'en faire même quand on ne filmait pas. Je n'oublierai jamais la fois où je l'avais surprise en train de pleurer pendant une pause. C'était si beau que les larmes m'étaient venues aussi… Le chef op l'avait remarqué, il s'était approché de moi, m'avait demandé de l'excuser s'il se montrait trop dur par moments. Je l'avais regardé sans comprendre, même les maquilleuses n'étaient pas aussi douces que lui.

Le réalisateur

Quand vous avez un bon chef opérateur, le reste c'est surtout de la présence. Le nôtre était extraordinaire. C'était la première fois que je faisais équipe avec lui, j'avais découvert son travail dans une chambre d'hôtel en zone d'activité commerciale un dimanche soir. Je n'avais jamais vu autant de chaînes sur une télé et je zappais toutes les trois secondes pour échapper au désarroi susceptible d'envahir une chambre d'hôtel en zone d'activité commerciale un dimanche soir. La dimension aléatoire de l'existence, l'impression que vous pourriez aussi bien être ailleurs, n'importe où, que rien n'a de sens, de nécessité… Le temps de faire le tour de toutes les chaînes, j'étais incapable de suivre les programmes qui allaient beaucoup plus vite que moi, sauf sur un canal où le plan était resté le même à mon deuxième passage, un jardin avec une maison au fond, bien que le film ne semble ni ancien ni asiatique. À mon troisième tour, le plan persistait, je continuai de zapper, et à mon passage suivant nous n'étions plus dans le jardin avec la maison au fond, mais dans un salon avec une grande fenêtre, sans doute à l'intérieur de la maison, comme si la caméra avait attendu qu'on l'invite pour entrer. J'ai arrêté de zapper et j'ai regardé le film jusqu'au bout.

L'histoire m'intéressait peu (deux femmes qui hésitaient entre trois hommes), ce qui me permettait de ne faire attention qu'à l'image, sans me laisser distraire par les enjeux narratifs. C'était sensationnel, les lumières, les cadres, les déplacements… De la peinture en mouvement. À la fin du film, j'aurais été incapable de dire quelle femme avait choisi quel homme, j'attendais juste que le générique me livre le nom du chef opérateur pour sortir mon ordinateur et chercher ce qu'il avait fait d'autre. En secret, j'espérais que je ne le connaissais pas, que personne ne le connaissait, que lui-même ne se connaissait pas encore… Je ne suis pas tombé loin. Le film que je venais de voir était son dernier long-métrage et je n'avais jamais entendu parler des précédents. Après quelques recherches, j'ai trouvé un lien pour voir son premier, une histoire de réunion de famille à un enterrement. Je me suis préparé à me coucher pour le regarder confortablement dans mon lit. En me brossant les dents, je tapais du pied sur le linoléum. J'avais envie de dire merci à la chambre d'hôtel, à la télé, à la chaîne. L'existence avait un sens. J'étais là où je devais être.

Le chef opérateur

Le plus difficile quand on a du talent c'est de ne pas devenir un gros con. Surtout pour un chef op. Les techniciens n'osent pas vous parler, les actrices vous font du charme pour obtenir la meilleure image d'elles, le premier assistant vous prend avec des pincettes. Si vous êtes un tant soit peu enclin à la tyrannie, la voie est libre… Vous restez assis sur la dolly, le petit chariot qui vous transporte avec la caméra, et du haut de votre petit siège, avec votre petit porte-gobelet, vous avez vite fait de vous croire le monarque de tout ce petit monde. Autour de vous, l'ensemble de l'équipe s'agite pour respecter le planning mais vous, la seule chose qui vous importe, c'est que vos plans soient le plus beaux ou le plus réussis. Vous êtes le seul à prendre votre temps tandis qu'à tous les autres postes on court de compromis en compromis pour ne pas ralentir le tournage. Dans les faits, c'est vous qui filmez, et s'il n'y a pas un réalisateur un peu fort pour vous rappeler que c'est lui qui tourne le film, vous risquez de dédaigner tout le monde depuis votre trône à roulettes… Par chance, les deux frères n'étaient pas nés de la dernière pluie et j'avais moi-même appris à me détacher de mon ego. Lors de notre première entrevue, nous nous étions assurés que les rôles étaient en place, et même par la suite, j'avais une telle hantise de devenir un gros con que dès que je montais sur ma dolly je mettais mon ego dans le porte-gobelet et je me tenais à l'écoute du leur.

Les meilleurs chefs opérateurs, les plus grands directeurs de la photographie sont pour moi ceux dont on ne reconnaît pas le travail. C'est dur mais c'est comme ça. Des tas de cinéphiles clament l'importance des chefs op, revendiquent leur part de créateur, comme si le manque de célébrité ou de reconnaissance dont ils souffraient relevait d'une injustice. C'est très gentil mais ça n'a pas de sens. À vrai dire, il s'agit d'une grave erreur. C'est parce qu'un chef op se tient dans l'ombre que le film trouve la lumière.

L'assistant décorateur

La tentative de transformation du SpeedBurger du coin en salle du café de Flore a duré plusieurs jours. Il a fallu nettoyer, assainir, réparer, repeindre, et malgré tout ce travail, franchement on n'y croyait pas. Impossible de prendre le boui-boui de Villejuif, même étincelant, pour un grand café parisien. Le chef déco s'arrachait les cheveux, jusqu'à ce que le scénariste finisse par intervenir. Je m'en souviens encore, nous étions sept ou huit, assis à la grande table du SpeedBurger. En plus du chef déco et de moi, il y avait les deux frères, la scripte, un acteur qui était là tout le temps et dont je ne connaissais pas bien la fonction – mais ça n'était pas la première des incohérences sur le tournage –, et le patron du SpeedBurger, qui était le seul ravi, son restaurant resplendissait, il restait insensible à l'accablement général et distribuait des thés à la menthe en essayant d'égayer l'ambiance. Le chef déco tenait dans ses mains un exemplaire du scénario tout annoté. Il le fixait du regard comme pour en faire sortir la scène au café de Flore par la force de son esprit. Le réalisateur pour sa part ne cherchait plus, il regardait le plafond du SpeedBurger en attendant que ça se passe, conscient que de temps en temps il fallait juste décrocher et espérer que la solution tombe du ciel. C'est là que le scénariste a sorti un feutre noir de sa poche, a pris le scénario des mains du chef déco, l'a posé au centre de la table devant tout le monde et a barré *Café de Flore intérieur/jour* pour le remplacer par *SpeedBurger intérieur/jour.*

L'air s'est allégé d'un coup, le type qui était là tout le temps a souri, la scripte a ouvert grand la bouche en regardant le scénariste, le réalisateur a posé la main sur l'épaule de son frère, le chef déco s'est essuyé les yeux, le patron est allé chercher une bouteille de raki et a offert une tournée dans les tasses de thé à la menthe… Quand la réalité ne veut pas se plier à vous, le plus simple est de se plier à elle. Le premier rendez-vous de l'héroïne et du robot aurait donc lieu au SpeedBurger et pas au café de Flore, ce qui retirait une énorme épine du pied du chef déco, et ce qui allait permettre au romantisme de leur histoire de jaillir de leurs personnages plutôt que de leur environnement. C'est une chose de tomber amoureux main dans la main au clair de lune dans le Quartier latin. C'en est une autre de contempler un cylindre de viande qui dégouline et de sentir son cœur s'ouvrir quand même. Des liens se créent qui n'auront pas la même autonomie, pas la même force.

Une actrice

À bien y réfléchir, vivre avec quelqu'un qui ne vieillit pas doit être angoissant. Au bout d'un moment, qu'on se maintienne en forme ou non, un décalage a forcément lieu. Mais les robots ne réagissaient pas à l'apparence des humains, simplement à l'amour qu'ils en recevaient. Vous pouviez devenir une épave, tant que vous les aimiez, ils seraient à vos côtés. Les seuls cas de séparation qu'on voit dans le film ont lieu quand un humain cesse d'aimer un robot. Rapidement celui-ci ralentit puis meurt à sa manière, c'est-à-dire qu'il s'éteint. Vous rentrez un soir chez vous, prêt à gueuler sur votre robotte, et vous la trouvez à l'arrêt dans la cuisine, assise figée avec un fouet à la main, tandis qu'elle était en train de vous préparer une omelette. À un moment ou à un autre de la journée, pendant que vous étiez ailleurs, son niveau d'amour reçu est tombé à zéro et elle s'est immobilisée. Elle ne manquait pourtant pas de choses à faire, à sa place une humaine aurait pu s'occuper longtemps sans être aimée. N'y avait-il pas une montagne de linge à repasser, de livres à lire, de cocktails à boire, de thérapies à suivre, de linge à repasser, de caddies à remplir, d'activités à pratiquer, de recettes à découvrir, de linge à repasser, d'enfants à élever, d'amants à rencontrer, de parents à enterrer, de linge à repasser ? Mais une robotte, dès le moment où elle perdait votre amour, se moquait de tout ça. Elle tombait en panne, c'est tout. Et si vraiment vous ne l'aimiez plus, il fallait appeler le Centre robotique pour qu'ils viennent la récupérer. Toutefois, le Centre était fréquemment surchargé et vous pouviez attendre…

Je me souviens du matin où le scénariste nous avait réunis pour nous expliquer ça. Nous devions être une dizaine d'actrices et d'acteurs dans l'ancienne salle de réunion de l'hôtel, destinée à accueillir des séminaires, des formations, des « team building ». La porte n'avait pas été poussée depuis longtemps, on y respirait encore les journées interminables, salariés pétris d'ennui, lumière blafarde sur paperboard, vidéoprojecteur magnifiant la poussière, bruits de chaises qui bougent, de stylos qu'on clique, de téléphones qui vibrent. Bâillements, passages progressifs de la haine à l'indifférence, quand tout disparaît, que le lien se défait. Avec les autres d'abord, puis avec soi-même, avec la journée, avec les objets. On s'attendait presque à voir des fantômes autour de la grande table à laquelle personne n'avait envie de s'asseoir. Le scénariste nous y avait quand même invités en précisant qu'on allait se passer de présentation Powerpoint, ce qui était une blague mais n'avait fait rire personne. Je me rappelle qu'un type qui jouait un jeune robot avait demandé c'était quoi Powerpoint, ce qui n'était pas une blague mais avait fait rire tout le monde. Nous avions tous respiré, comme si les rires avaient chassé les fantômes, et puis on s'était assis.

Le scénariste s'est mis à parler des robots, de l'importance vitale de l'amour humain pour les robots, jusqu'à ce qu'il arrive au fait que le Centre étant toujours surchargé : en cas de panne, on pouvait attendre. Il a fait une pause, on a levé les yeux sur lui pour connaître la suite. Le scénariste a repris en nous regardant un par un. Le robot privé d'amour pouvait rester à l'arrêt dans la cuisine des jours et des jours, des semaines et des semaines, on pouvait vivre autour de lui, manger à côté, on pouvait même ramener d'autres gens à dîner. Il n'embêtait personne, il était là, paralysé, comme empaillé, les yeux grands ouverts. On pouvait descendre au milieu de la nuit, il était toujours là. On pouvait s'asseoir en face pour lui gueuler ses quatre vérités qui étaient généralement les nôtres projetées sur lui. Et puis un jour les transporteurs du Centre arrivaient et l'emportaient. « À moins que… »

Là, le scénariste s'est interrompu et il a fait un truc vraiment très bizarre. Il nous a proposé de poursuivre, un par un, chacun notre tour. On s'est regardés tous les dix autour de la table. Le jeune acteur qui avait demandé ce qu'était Powerpoint a commencé. « À moins que le robot se réveille avant… », et l'actrice assise à côté de lui, qui jouait une humaine, a enchaîné : « Que pendant ce laps de temps autre chose se passe. » L'acteur après elle a murmuré : « Qu'à force de vivre à côté, de le voir tous les jours, toutes les nuits, immobile et muet, l'humain recommence à l'aimer… » Son voisin a continué : « Un jour ou une nuit, le robot tremble… » Sa voisine : « Ça fait du bruit, l'autre descend voir… » Son voisin : « Quand il arrive dans la cuisine, le robot réussit à lever son regard vers lui… » La suivante : « L'autre n'en croit pas ses yeux et s'approche… » Le suivant : « Il passe la main dans les cheveux du robot, qui arrive à redresser la tête. » La suivante : « Un peu comme dans *Le Magicien d'Oz* quand Dorothy remet de l'huile sur l'homme en fer-blanc avec sa burette. » Le scénariste a levé sa main devant sa bouche. Un autre acteur a repris : « Finalement le robot arrive à se lever de sa chaise. » Mon voisin a enchaîné : « L'autre le prend dans ses bras et ils s'enlacent dans la cuisine. » C'était mon tour, j'ai pris ma respiration et j'ai dit : « L'amour est revenu. » Il y a eu un moment de silence, le scénariste est allé prendre un feutre et a écrit MERCI sur le paperboard. Quelqu'un s'est levé, quelqu'un d'autre est allé ouvrir une fenêtre… Du vrai team building.

Le perchman

Si vous voulez mon avis, le petit frère était complètement cinglé. Pas le genre de folie qu'on envoie à l'asile mais quand même. Pendant la rencontre de l'héroïne et du robot, il a suffi que ma perche entre deux fois dans le cadre pour qu'il aille s'imaginer que je voulais saboter la scène parce que je n'aimais pas ses dialogues… Je faisais de la perche depuis dix ans, j'avais eu deux hernies discales, je désespérais de passer ingénieur du son, autant vous dire que ses dialogues je m'en contrefoutais. Je les enregistrais sans même les entendre.

Ça arrive à tout le monde d'être parano, je ne dis pas, mais avec l'âge on en prend conscience, et même si on continue à se faire des films, on apprend à cesser d'y croire. Pas plus tard qu'hier, ma femme m'a tourné le dos dans le lit au moment où je lui racontais ma journée, et mon premier réflexe a été de me dire qu'elle se moquait de mon boulot, de ma vie, de moi, de nous, tout ça en une seconde et demie. Jadis, j'y aurais cru : je me serais tu, j'aurais fait la gueule, elle m'aurait demandé ce qu'il y avait, j'aurais répondu rien, elle m'aurait dit bon, j'aurais passé une nuit de merde à la détester dans ma tête (« Quelle conne, y a que son cul qui l'intéresse, j'ai épousé une grosse égocentrique de merde, mes copains me l'avaient bien dit, qu'est-ce qui m'a pris, et maintenant on a un enfant en plus, mais que je suis con… »), ça aurait duré un jour ou deux, une espèce de tension froide et permanente, d'origine évidente pour moi et inimaginable pour elle, avant que j'explose pour un détail, qu'elle me regarde sidérée, et que dans ma colère je lui lâche enfin que si elle en avait quelque chose à faire de nous, de moi, de ma vie, de mon boulot, elle ne me tournerait pas le dos quand je lui raconte ma journée, jusqu'à ce qu'elle m'explique qu'elle avait juste soif et qu'elle s'était retournée pour attraper son verre d'eau, mais qu'elle m'écoutait et que bien sûr ça l'intéresse ma journée, mon boulot, ma vie, que d'ailleurs en passant elle partage avec moi.

Voilà le genre de folie dont je parle. Aujourd'hui, je continue de démarrer au quart de tour mais quelques tours me suffisent pour comprendre que je délire. Et si vraiment un doute persiste, je n'attends pas des heures pour lui demander (« Ça t'intéresse modérément ce que je te raconte ou c'est moi qui me fais des idées ? »). Ce qui lui permet à elle de me l'avouer quand, une fois sur dix, mon délire coïncide avec la réalité (« Je t'avoue que je m'en fous un peu là, j'aimerais mieux qu'on fasse l'amour »). En tout cas, terminé les nuits d'insomnie à haïr la personne que j'aime. Et le plus incroyable c'est que si vous parvenez à cette prise de conscience dans l'intimité, peu à peu elle s'étend à tout votre entourage puis au monde extérieur en général, et un beau jour, alors que vous entrez quelque part et qu'une personne soupire (d'aise, ou d'ennui, ou de fatigue, ou de lassitude, ou de vous ne saurez jamais quoi), vous ne pensez plus automatiquement que son soupir est en rapport avec votre entrée. C'est comme si d'un coup les autres avaient le droit d'exister indépendamment de vous, et que sans l'avoir cherché vous vous donniez ce droit à vous aussi. À mon sens, c'est un des plus grands bonheurs qu'on puisse connaître dans la vie, même s'il se produit petit à petit, comme du lest qu'on lâche progressivement d'une montgolfière. Vous vous élevez sans vous en rendre compte, et un jour vous regardez en bas, là où vous étiez, dans cet état de crise permanent, mais c'est si loin que c'est minuscule, et vous pouvez dire adieu à l'ancien vous devenu imperceptible avec l'altitude…

Ce que j'essaie de dire, c'est que le scénariste, à mon avis, il était encore au sol, il n'avait rien lâché, sa montgolfière n'avait même pas bronché. Dès qu'une fantaisie lui traversait l'esprit, il y croyait comme aux Évangiles. Et vu qu'il passait son temps à en inventer, il nous parlait à tous depuis son monde de cinglé qu'aucun de nous n'avait envie d'habiter, ni même de visiter. J'ai longtemps été pareil alors je repère vite ce genre de personnes, comme un ancien fumeur est capable de sentir une cigarette à trois cents mètres. J'ai parfois envie de les aider, mais la seule chose à faire c'est de les fuir.

Le chef coiffeur

Avec le confinement, sitôt que les acteurs et les actrices du jour étaient coiffés, des membres de l'équipe se pointaient l'air de rien pour se faire couper les cheveux. Le hic, c'est que ça n'est pas du tout le même travail. Les meilleurs coiffeurs de plateau feraient de piètres coiffeurs de salon, et vice versa. Dans un cas vous êtes en quête de vraisemblance, d'authenticité. Dans l'autre, c'est la beauté, même superficielle, qui mène la coupe. Le défi du tournage était donc de travailler sur les deux fronts en même temps, si je puis dire. Il fallait continuellement s'adapter à des demandes opposées et, les jours de rush, plus d'un technicien s'est retrouvé avec une coupe de robot romantique ou d'humain contaminé. Comme c'était gratuit, personne ne râlait, mais les casquettes se multipliaient sur le plateau, et donnaient au tournage un air de plus en plus américain.

Le méchant

Quand je pense que j'ai interprété un robot incapable de vieillir ou de tomber malade… Un rôle de composition, comme on dit. J'ai toujours une affiche dans mon salon, c'est la fierté de mes petits-enfants. Chaque fois qu'ils viennent me voir, ils me demandent de leur reraconter des anecdotes du tournage. Mais ce sont les seuls à qui j'en parle, c'est beaucoup moins intéressant quand ce n'est pas votre grand-père dedans. Pas mal de gens perdent ça de vue, ils vous parlent d'une histoire arrivée à leur fille ou à leur femme ou à leur mère et ils sont déçus que ça ne vous fasse pas plus d'effet. Sauf que leur fille, leur femme ou leur mère ne sont personne pour vous. Par exemple, si ma troisième épouse revient d'ici peu et me raconte qu'une fois entrée dans le supermarché, après une heure de queue dehors, elle s'est rendu compte qu'elle n'avait pas pris son argent, et qu'elle a demandé au vigile s'il pouvait lui garder sa place le temps qu'elle aille le chercher et qu'heureusement c'était le papa d'un des élèves qu'elle a en classe à distance, qu'elle n'avait jamais vu mais qui lui l'a reconnue parce qu'il est souvent là pendant que son fils assiste à son cours dans le salon car la connexion n'est pas bonne dans sa chambre et du coup il jette un œil de temps en temps, d'ailleurs la dernière fois sur la préhistoire il est carrément allé s'asseoir près de son garçon tellement ça l'a impressionné ce qu'elle disait, alors ce vigile lui a dit pas de problème, venez directement me voir et vous ne referez pas la queue, et que c'est pour ça qu'elle est rentrée si vite mais qu'elle prend juste ses sous et qu'elle repart tout de suite, moi, personnellement, ça va me captiver… Mais imaginons que ce soit une voisine qui me raconte tout ça, je ne suis pas sûr que je l'écouterais jusqu'au bout. Je serais poli, c'est sûr, mais il y a des chances pour que je commence à penser à autre chose à mesure qu'elle parle, à adopter une écoute partielle ou flottante, à lâcher des petits « mmm » jusqu'à ce qu'elle termine son histoire, se sente un peu bête et s'en aille précipitamment pour cacher sa gêne en prétextant que si elle tarde ce sera peut-être un autre vigile et qu'il faudra qu'elle refasse toute la queue devant le supermarché… D'aussi loin que je me rappelle, je n'avais jamais eu de relation avec une institutrice. Ou alors sans le savoir, des coups d'un soir peut-être. Si j'avais su, j'aurais essayé plus tôt. Tous nos repas sont passionnants. Je la lance sur un sujet et hop, les chevaliers à midi, le participe passé au goûter, le massif des Vosges pour le dîner. Pour une fois, le fait que je ne sois pas très savant et que je retienne difficilement les informations joue en ma faveur. On n'a jamais fait le tour et je ne connais pas l'ennui. Quant à elle, je crois qu'elle adore parler de tout ça. Jamais de phrases du style « Je ne travaille pas, là » ou « Je suis en week-end », comme me sortait ma première femme kinésithérapeute quand je lui demandais un massage. Jamais.

À l'époque du tournage j'étais encore avec la première, autant vous dire que ces deux mois à l'hôtel avec toute l'équipe m'ont fait l'effet d'une grande évasion.

Elle ne pouvait rien y redire, c'était du boulot, c'était payé, loger avec l'équipe était plus prudent pour la santé. Aucun de ses arguments habituels pour me retenir sous sa coupe ne tenait. Nous nous sommes dit au revoir langoureusement la veille de mon départ et je suis parti à l'aube sans faire de bruit, aussi excité que si je m'échappais d'Alcatraz avec la bénédiction du directeur. Tous mes gardiens intérieurs (culpabilité, dépendance affective, peur de sa colère) auraient dû me tomber dessus mais non, elle-même avait donné l'ordre général de me foutre la paix. À ce jour, je lui suis encore reconnaissant. Certaines personnes font ça, consciemment ou non, elles ont un moment de générosité, d'oubli en faveur de l'autre. Elles vous tiennent enfermé avec elles dans un donjon et un jour, sans savoir pourquoi, par amour, par pitié ou par lassitude, elles vous montrent une petite fenêtre cachée par laquelle vous pouvez partir. Ce jour-là, l'important est de ne pas hésiter. Il faut filer, sauter par la fenêtre, courir sans se retourner. Parce que cinq minutes plus tard elles auront changé d'avis, ou même elles nieront : « Mais pas du tout je ne t'ai jamais montré de fenêtre, d'ailleurs il n'y en a pas, allez, viens près de moi. » C'est pour ça que le premier jour des répétitions je me suis levé dans la nuit, habillé sans faire de bruit et j'ai filé sans la réveiller. J'avais déjà préparé mon sac à dos, et mieux qu'une fenêtre, notre appartement avait carrément une porte. Je l'ai ouverte, je suis descendu au local à vélos, j'ai harnaché mon sac sur mon fidèle destrier, et je suis parti pour trente kilomètres en direction du Val-de-Marne.

Sur mon vélo je chantais. Au bout de mon expédition m'attendaient deux mois de travail, de fatigue, d'engueulade, de rigolade, d'excitation, d'inconnu, d'émotions. En un mot, de cinéma. Sur les dix derniers kilomètres j'ai ralenti pour me préparer à mon rôle et une fois arrivé devant l'hôtel j'étais déjà le mauvais robot. « Le méchant », comme on disait pour aller vite. On avait bien convenu avec les deux frères que c'était très réducteur mais c'était exactement ce qu'il me fallait. Être enfin le méchant. Mon méchant. Dur et froid à l'intérieur, séducteur et chaud à l'extérieur. Un seul centre d'intérêt : moi-même. Issu d'une défaillance technique, d'une irruption d'humanité dans ma fabrication, et prêt à marcher sur les miens pour obtenir amour et vie éternelle. Après avoir repéré une forte capacité sentimentale chez l'héroïne je la prenais dans ma ligne de mire et mettais en danger son histoire avec le robot principal. Un peu comme si Terminator était envoyé dans le passé non pas pour tuer Sarah Connor mais pour la séduire. Sans doute que l'autre type, je ne sais plus son nom, aurait du mal à rivaliser. Une course à qui serait aimé le premier, voilà ce qui avait lieu… C'est que dans un film, on a besoin que quelque chose se passe entre le début et la fin. C'est triste à dire mais c'est souvent pareil dans la vie. Une existence n'est jamais qu'une suite plus ou moins longue de péripéties. Ou d'épouses, ça revient au même.

La productrice

Je n'aurais jamais pu produire le film sans mon mari. Dès le départ, le budget était ultra-serré, bien que beaucoup de professionnels aient baissé leur prix en raison de la pandémie, la star y compris. Je n'avais pas gagné d'argent depuis des années, et un bébé reste un placement à très long terme, à moins de faire de mon fils un enfant star, ce qui était hors de question. Le film, en revanche, j'y tenais, mon mari le sentait, et au-delà du projet je crois qu'il était heureux de voir sa femme ressusciter d'entre les couches. Même si après le tournage ma seule envie était d'avoir un autre enfant pour y retourner… Nous n'y sommes pas arrivés avant qu'il meure. À l'époque, je le regrettais, ne pas être enceinte de lui m'affligeait encore plus que sa disparition. Aujourd'hui, je suis sûre que c'est mieux comme ça… En réalité, je n'en saurai jamais rien. On dit « C'est mieux comme ça » comme si on connaissait l'autre version, alors que le seul moyen de la connaître serait de la vivre. On passe notre temps à juger ce qu'on ne connaît pas, à nous rassurer autant qu'on peut, dans nos petites vies uniques. Qui saura jamais si quoi que ce soit est mieux comme ça ?

Le comptable du mari de la productrice

Je lui ai tout de suite déconseillé d'entrer là-dedans. Je crois que j'ai utilisé l'expression « baril de poudre ». Avec certains clients, il faut recourir aux images, ni les faits ni les chiffres ne suffisent à leur ouvrir les yeux. Ils vous laissent parler en dormant à moitié et en pensant à je ne sais quoi (leur femme, leur déjeuner, ce qu'ils vont faire après le rendez-vous). Si vous n'avez pas à votre disposition des métaphores un peu fortes, ils ne vous écouteront pas. J'ai choisi « baril de poudre » non seulement parce que l'investissement était hasardeux (il suffisait de regarder ce qu'avaient rapporté les précédents films des deux frères) mais parce que en cas de problème c'était aussi son couple qui serait menacé. En tant que comptable, je devais l'avertir qu'un divorce représenterait pour lui une très mauvaise opération. D'autant que si son épouse avait un comptable, et si ce dernier connaissait son métier, il était certainement en train de lui dire l'inverse. Que dans le pire des cas, elle risquait de gagner le pactole. Mais c'était un client sentimental, qui donnait du prix à ce qui n'en avait pas, c'est-à-dire à ce qui ne valait rien... Quand j'ai compris que je prêchais dans le désert, que mon client avait déjà accepté de prêter tout cet argent à sa femme en l'investissant dans la production du film, je l'ai simplement averti qu'il devait se préparer à ne jamais le revoir. Ce à quoi il a répondu que c'était la définition d'un prêt, non ? J'ai soupiré, il me souriait. Qu'est-ce que vous voulez faire avec ce genre de personnes ? Le plus sidérant c'est que le film a dépassé tous les placements que j'aurais pu lui conseiller, même si mon client est mort peu après sa sortie.

Sa femme m'a invité à la crémation, la salle principale du cimetière était bondée, toute l'équipe du film était là, des gens s'agglutinaient dehors, c'était à se demander si les figurants étaient tous venus aussi. On était entre deux confinements, il faisait beau, peut-être que les gens avaient envie de sortir, de se retrouver. Chacun avait l'air à la fois dans son film et dans celui des autres, comme si toutes les histoires se croisaient là, ce matin-là, dans ce cimetière-là. J'avais envie que mon propre film coupe et enchaîne sur autre chose, moi en train de dîner seul le soir, ou moi en train de me coucher, ou moi qui me réveillais le lendemain. Ou même moi un an plus tard, pour voir. Ce qui nous manque dans la vie c'est l'ellipse. Là réside la vraie puissance du cinéma. Même pour aller aux toilettes, il fallait que j'ouvre la porte, que j'entre, que je la referme, que je me dirige jusqu'aux urinoirs, que j'ouvre mon pantalon, que je baisse mon caleçon, que je pisse, que je remette mon caleçon, que je ferme mon pantalon, que j'aille au lavabo, que j'ouvre le robinet, que je me lave les mains, que je referme le robinet, que je me sèche les mains, que j'ouvre la porte, que je sorte des toilettes et que je referme la porte. Alors que dans un film, j'y serais allé, j'en serais ressorti et le reste vous l'auriez imaginé. Ou même je n'y serais pas allé du tout, j'aurais tenu toute la matinée sans pisser et vous n'y auriez pas pensé, ou bien vous vous seriez dit que j'y étais allé mais qu'on ne vous l'avait pas montré.

C'est le grand pouvoir du cinéma, l'ellipse. Son avantage sur la réalité. Vous pouvez vous lever de votre bureau et arriver chez vous sans prendre votre voiture. Vous attabler à un repas d'affaires et passer directement au café. Recevoir un coup de téléphone et vous retrouver aussitôt sur une plage d'Acapulco. Aller vous coucher un soir et vous réveiller le lendemain avec dix ans de plus, une famille, une maison, ou bien avec dix ans de plus, sans famille, sans maison. Dans un film on peut tout esquiver, alors que dans la vie on ne peut rien esquiver du tout. Chaque milliseconde est obligatoire, si pénible ou inutile soit-elle… Il était neuf heures du matin, le soleil brillait et il y avait encore toute la journée à vivre.

Le chargé de figuration

L'hôtel ne disposant pas de cent cinquante chambres, la production ne pouvait pas loger tous les figurants, surtout ceux qui ne jouaient qu'un ou deux jours dans le film. Ils étaient donc testés la veille et le plan de tournage était conçu de façon à ce qu'ils n'interviennent que sur des demi-journées afin de ne pas avoir à prendre de repas sur place. Soit ils s'en allaient avant le déjeuner, soit ils arrivaient après, et quoi qu'il se passe ils gardaient impérativement leur masque, y compris lors des répétitions. La seule exception concernait les figurants robots, qui devaient découvrir leur visage au moment où la caméra tournait. Leur nombre avait dû être réduit parce que la nouvelle case « accepte de travailler sans masque » était de moins en moins souvent cochée. Qu'un acteur prenne le risque, c'était compréhensible, mais un figurant avait beaucoup moins à gagner. « Je suis en réanimation mais on me voit deux secondes dans un film avec une star… »

Quant aux figurants humains, personne ne voyait jamais leur visage, ce qui accentuait encore leur côté figurant, ainsi que cela se produisait dans la vie, dans le métro, dans les rues, dans tous les endroits où les autres, qui ne comptaient déjà pas beaucoup, perdaient encore en réalité derrière leurs masques. Plus ça allait, plus on se sentait entouré d'ombres, sans songer qu'on en devenait aussi une à leurs yeux.

Un figurant

Les aides de l'État m'avaient seulement aidé à payer le divorce qu'avait provoqué la faillite de ma crêperie. De notre crêperie, devrais-je dire, mais ma conseillère me répétait de me déshabituer à dire *nous*. De ma crêperie donc. Et puis c'était surtout moi qui m'en occupais, même si ma femme avait fait toute la décoration. Avant qu'elle me quitte, je n'avais jamais songé au cinéma. C'est une tirade qu'elle m'a jetée au visage lors de notre dernière engueulade qui m'a mis sur la voie. « Tu sais ce que t'es dans le fond, je vais te dire… T'es qu'un figurant ! Oui, un figurant, et dans ta propre vie en plus ! Tu donnes plus d'importance aux autres qu'à toi-même, tu ne joues jamais le moindre rôle, et ça n'est pas que tu ne peux pas, tu pourrais tout à fait, c'est que tu ne veux pas, tu préfères laisser la place ! Et c'est ton droit dans le fond, voilà ce que j'ai compris, et voilà pourquoi je te quitte, c'est tout à fait ton droit, comme c'est mon droit à moi de ne pas vouloir passer ma vie avec un figurant ! » Je sais que rapporté comme ça, ça ne sonne pas spécialement sympa. L'air de rien, c'était la première fois qu'elle me parlait autant de moi et si peu d'elle. Je l'ai pris comme un cadeau d'adieu, une révélation sur ma personne avant son départ. J'y ai pensé et repensé, d'abord terré au fond de mon lit, puis allongé dans le canapé, et peu à peu assis dans la cuisine, jusqu'à réussir à me lever et à sortir de chez moi pour la prendre au pied de la lettre. Si elle disait vrai, elle qui me connaissait mieux que personne, si j'étais par essence un figurant, alors autant devenir qui j'étais. L'important dans la vie c'est surtout d'être soi, si possible sans se juger. Accepter sa nature, comprendre sa singularité, trouver à quoi on est bon.

Je suis allé poser devant un photographe, j'ai rédigé des CV, je me suis inscrit dans des agences. J'ai la chance d'être doté d'un physique agréable, ni trop ni pas assez ; à peine trois jours ont passé avant qu'on m'appelle pour me proposer un rôle secondaire dans une série. J'ai failli accepter, j'ai réfléchi, et j'ai répondu non, que je ne m'intéressais qu'à la figuration. L'agente au téléphone a pensé que je plaisantais et m'a donné l'adresse du casting. Je n'y suis pas allé, elle m'a rappelé, je lui ai redit la même chose, cette fois elle m'a cru. Au bout de deux fois, les gens vous croient en général. Parfois il en faut trois. Avec mon ex-femme, c'était cinq ou six. L'agente en question a déplacé ma fiche et ma photo dans son répertoire *Figuration*, c'était la première fois qu'on lui faisait le « coup », c'est le mot qu'elle a employé. J'ai cru qu'elle allait me prendre en grippe, ne plus jamais me contacter, mais c'est tout le contraire qui s'est passé. Elle a ajouté une petite gommette rouge à ma fiche et dès qu'on lui demandait des figurants, j'étais le premier qu'elle appelait. Dans le milieu du cinéma, l'effacement n'est pas la norme. Dans tous les milieux, sans doute. J'avais l'impression que l'agente jubilait chaque fois qu'on se parlait au téléphone. Du coup, j'avais du boulot tout le temps, presque tous les jours, j'ai même commencé à refuser des figurations pour garder des journées de repos. L'agente filtrait les offres pour moi, me réservait les mieux payées, les plus intéressantes, les productions qui engageaient les meilleurs traiteurs, elle me demandait si je préférais en costume ou non, en province ou à Paris, ce genre de questions. On a fini par déjeuner ensemble, puis dîner ensemble, puis petit-déjeuner ensemble, et à force de figurer partout, j'ai recommencé à dire *nous*… Nous nous sommes installés dans le Val-de-Marne, et dès qu'elle a vu l'annonce elle m'a appelé pour me demander si j'avais envie de jouer un robot. Elle a ajouté que les offres ne pleuvaient pas et surtout que le tournage avait lieu à deux pas de chez nous. Le seul problème était que je devrais enlever mon masque pendant les prises. Je l'ai rassurée, je lui ai dit que tant qu'on ne me connait pas de rôle je ne craignais rien. Elle a ri. Je m'émerveillais que ça continue de l'amuser.

Un assistant de production

On nous demandait de boucler les périmètres, mais franchement avec le confinement ça ressemblait à une blague. On installait les plots et on se tournait les pouces en attendant qu'un automobiliste, un cycliste ou même un piéton soit prêt à risquer une amende pour se promener dans Villejuif et éventuellement gêner le tournage. Ça n'arrivait pas. Rien n'arrivait. On roulait des cigarettes. On faisait le pied de grue. On attendait. On était payés à attendre. J'avais maintes fois rêvé de posséder un vrai talkie-walkie mais nous avions à peine l'occasion de nous en servir, à part pour dire qu'il n'y avait rien en vue… Le pire c'était d'être deux pour ne rien faire. Seul, c'est moins lourd. Quand on se parle à soi-même, on trouve toujours des choses à se dire.

Jusqu'au jour où mon collègue et moi, on s'est mis à imiter des gens qui voulaient passer. Je ne me rappelle plus lequel de nous deux avait eu l'idée le premier. Chacun notre tour, on faisait soit le passant, soit l'assistant. Lui se spécialisait dans les emmerdeurs, ceux qui ne veulent pas coopérer ou qui posent problème, des types qui refusent de simplement changer de trottoir, comme si c'était une atteinte à leur liberté, qui craignent de perdre leur virilité dès qu'ils font ce qu'on leur demande. Des gros blaireaux, je pensais à l'époque, aujourd'hui je me suis un peu adouci. L'étonnant c'est que dans la vie mon collègue était un gars adorable, une vraie crème, presque trop gentil pour faire ce boulot. Mais dès qu'il prenait le rôle d'un passant, il devenait si exécrable qu'il fallait que je lutte pour garder mon sérieux et on terminait chaque fois pliés en deux. À mon avis, ils auraient dû l'engager comme acteur.

Les semaines suivantes, le bruit a couru qu'un film se tournait dans Villejuif, et malgré le confinement des tas d'ahuris se sont mis à passer chaque jour pour tenter d'apercevoir quelque chose. Les vrais blaireaux se sont révélés moins drôles que ceux inventés par mon collègue, et j'ai tellement utilisé mon talkie-walkie que je n'y ai plus rien trouvé d'amusant.

Un Villejuifois

J'habitais tout près de l'hôtel, et même en plein confinement j'avais le droit de promener mes chiens dans le secteur. Nous étions plus nombreux qu'on imagine à suivre le tournage en badauds. Il ne se passait tellement rien, il faut dire. Pandémie ou non, un tournage à deux pas de chez vous, c'est déjà quelque chose, surtout à Villejuif, alors à cette période, avoir toute une équipe de cinéma au bout de la rue, avec des acteurs et une star au milieu, c'était une aubaine.

On y allait, on se tenait autour, on dévorait tout des yeux et on en parlait entre nous après, tu crois que c'est quoi l'histoire, t'as compris quelque chose, c'est laquelle des deux l'héroïne ?... On s'inventait notre film à nous, très différent de ce qu'on a découvert plus tard. On était fiers que ces artistes soient venus chez nous, qu'ils aient choisi Villejuif pour y tourner autre chose que des scènes d'hôpital. Pour un tas de gens, notre ville est la capitale du cancer. Notre centre de lutte est le premier d'Europe, c'est vrai, il attire des patients du monde entier, mais ça ne veut pas dire que tous les habitants sont malades, que nous n'avons pas un centre-ville, des cafés, des commerces, des marchés, des écoles, des gymnases, des supermarchés, toute une vie normale. Nous avons même une médiathèque, un café-librairie et un théâtre-cinéma !

La story-boardeuse

C'est extrêmement rare qu'on nous demande d'être présents sur un tournage, mais les scènes n'arrêtant pas de changer, la productrice m'avait proposé cet arrangement... Je n'ai jamais autant dessiné de ma vie, j'avais vingt ans, c'était mon premier travail sur un long-métrage, et comme dans beaucoup de carrières, quand on débute, on a tendance à en faire trop. Je dormais à peine, le goût du Red Bull me revient dans la bouche quand j'y repense, c'était dégoûtant mais ça marchait. Je passais mon temps à soumettre de nouvelles planches au réalisateur, nous en parlions un moment ensemble, et je repartais dessiner. Il se montrait étrangement pointilleux, je me disais que c'était à cause de sa formation d'architecte et j'essayais de répondre à ses exigences. En réalité, il était gêné du flou qui habitait encore l'histoire, si bien qu'il noyait le poisson en me faisant retravailler des détails sans conséquence, les lignes d'un immeuble, l'allure d'un arbre, jusqu'à ce que je me rende compte qu'il ne savait pas quoi me dire et qu'il cherchait seulement à m'occuper. À partir de là, j'ai mis le film de côté et je me suis mise à dessiner ce qui se passait sur le plateau, les acteurs, l'équipe, les deux frères, les gens de l'hôtel, moi-même parfois. Comme un making-of dessiné du film.

Quand le réalisateur a vu mes dessins, j'ai cru qu'il allait s'énerver mais au contraire il m'a dit : « C'est formidable, continuez. » Alors j'ai continué. Je préférais ça à recommencer quinze fois une scène qui allait encore changer le lendemain. L'avantage du présent, c'est qu'il ne peut pas bouger. La scène se passe là, sous vos yeux. Vous perdez la sensation de l'inventer mais c'est toujours vous qui l'interprétez… Finalement, ça ressemblait beaucoup à un travail de story-boarding pour un réalisateur, sauf que vous receviez vos instructions directement de la réalité, qui n'avait jamais de doutes, elle, qui ne changeait jamais d'avis et qui ne revenait jamais en arrière.

Le scénariste

Au fil du tournage, je me rendais compte que mon frère ne réalisait pas seulement un film mais aussi un rêve d'enfant. Sur la plupart des scènes, je me tenais en retrait et je passais beaucoup de temps à le regarder travailler. C'était comme quand on jouait aux playmobils, sauf que les playmobils bougeaient, parlaient, étaient autonomes, faisaient des propositions. Nul besoin de les faire avancer, se rencontrer, s'embrasser, se battre, il n'y avait qu'à leur demander… Dans notre enfance, nous aurions peiné à faire accomplir tout ça à nos figurines, il nous aurait fallu des tonnes de dialogues et d'explications. Là, nous n'avions qu'à regarder les acteurs jouer.

Une actrice

Je jouais une robotte enceinte et je donnerais cher pour en avoir été une. Repousser à jamais la naissance de mon fils, le garder indéfiniment dans mon ventre. Dormir toute ma vie quatorze heures par jour, connaître éternellement son père aux petits soins, exister avec la sensation permanente d'être plus que moi-même. Mais j'étais une humaine, dans la vie du moins, et mon accouchement est arrivé dans un temps platement prévisible et prévu, à savoir quelques jours après la fin du tournage. Mon fils n'avait rien d'une nouvelle espèce, il dévorait exclusivement mes seins et se mettait à pleurer dès que je m'éloignais… Aujourd'hui, il se nourrit exclusivement de nouilles et se met à grogner dès que je m'approche. Pour moi, les joies de la maternité auront duré, en tout et pour tout, neuf mois. C'est déjà ça… Chez les souris, c'est trois semaines.

L'héroïne

On avait beau dire que l'un était scénariste et l'autre réalisateur, croyez-moi, les deux frères n'arrêtaient pas de s'envahir l'un l'autre. La première scène de sexe entre le robot et moi, c'est bel et bien le scénariste qui l'a tournée. La production avait obtenu une autorisation exceptionnelle pour filmer au zoo de Vincennes, fermé pendant le confinement, et il ne fallait pas louper la séquence. On l'avait déjà bien répétée avec les deux frères, l'éclairagiste et le chef opérateur. Mais pour le tournage, au lieu de réduire l'équipe au minimum comme c'est souvent le cas pour les scènes intimes, ils avaient profité d'une journée avec des centaines de figurants et demandé à tout le monde de venir autour du plateau. La seule règle était le silence, le premier qui parlait était viré.

Ça a débuté comme ça : le scénariste nous a demandé de nous asseoir l'un à côté de l'autre et de regarder un à un tous les figurants. Tous nous rendaient nos regards sans un mot, ça a duré des plombes, une espèce de respiration commune s'est progressivement mise en place comme une onde, ou une transe. Le scénariste nous a murmuré de commencer. Dans l'histoire, le robot et l'héroïne étaient passés par-dessus le mur du parc zoologique – le robot avait neutralisé les alarmes –, ils s'étaient retrouvés dans l'enclos des vigognes et des nandous, heureusement inoffensifs, et s'étaient mis à visiter le zoo bras dessus bras dessous, en se cachant seulement des rares soigneurs qu'ils croisaient. Le jour se levait, les animaux s'éveillaient. Les amoureux avaient rejoint l'enclos central, celui des autruches et des antilopes, et trouvé un petit coin abrité entre des arbres et un bassin. Là, ils s'étaient assis par terre et avaient commencé à s'embrasser. Tout ça, nous l'avions tourné dans la matinée… C'était l'après-midi, les figurants étaient arrivés directement au zoo. Des soigneurs retenaient les autruches, le scénariste a dit « Action ».

On s'est embrassés, d'abord avec les masques. Je retardais le moment d'enlever le mien parce que je ne pouvais m'empêcher de penser que la star venait de fricoter avec la robotte. Ensuite c'était moi qui le déshabillais, caressais son corps parfait, je voyais bien que je ne lui faisais aucun effet mais il fermait les yeux, sans doute pour penser à la robotte, et son indifférence se transformait en émotion de faire l'amour avec moi, enfin mon personnage, pour la première fois. Évidemment, on ne couchait pas ensemble pour de vrai. Ça n'était pas du tout le genre de méthode des deux frères et de toute façon ça n'avait pas d'importance puisque ce n'était pas nous qu'on verrait à l'image… Après un moment – seuls le scénariste et la scripte étaient au courant de ça, nous-mêmes ne l'avons su qu'ensuite – les deux caméras présentes se tournaient vers tous les figurants et filmaient un à un leurs visages qui nous regardaient. La scène d'amour entre une humaine et un robot se passait ainsi dans leurs expressions, sur *L'Été indien* de Joe Dassin, tandis que la star et moi faisions semblant de nous aimer, nus au milieu d'un zoo, lui qui fermait les yeux pour penser à elle, et moi qui observais les girafes au loin. Le scénariste savait que la majorité des figurants ne nous quitteraient pas des yeux, que les quelques-uns qui détourneraient le regard pour exprimer leur perplexité, leur gêne ou leur excitation ajouteraient encore à l'intensité de la scène.

Savoir ce que les deux frères voulaient dire par cette apparition irréelle de centaines de témoins a fait l'objet de nombreux articles. Tout et n'importe quoi a été raconté. Sincèrement, aujourd'hui encore je n'en sais rien. Je me souviens que, lorsque le scénariste alias le réalisateur a eu suffisamment de visages et d'expressions, les figurants ont été priés de s'éloigner et qu'il nous a fait signe de nous allonger l'un à côté de l'autre. Les caméras sont revenues sur nous qui nous sommes mis à jouer nos personnages après l'amour, étendus et ravis, comme dans tellement de films, tellement d'histoires, au point qu'on sentait le scénariste exulter de filmer une scène aussi classique, d'y avoir droit à son tour, après des centaines et des centaines de cinéastes. Il n'y avait aucun dialogue, juste des regards et des sourires, puis la grosse voix d'un gardien qui nous surprenait, suivie d'une fuite en courant main dans la main à travers les enclos des animaux. Comme échappés d'un film d'ados.

La productrice

Au-delà de son côté artistico-métaphysique, l'idée de suggérer la scène de sexe en montrant les réactions de centaines de spectateurs permettait de garder le film tout public, et même si les deux frères ne pensaient pas à ça, c'était mon rôle d'y veiller.

Néanmoins ça n'a pas suffi, le film a été interdit aux moins de douze ans. Je me demande de quoi les censeurs ont eu peur. Que les enfants n'aillent plus au zoo ?

Un soigneur du zoo de Vincennes

Je ne suis pas le seul soigneur à avoir assisté au tournage, nous avons été plusieurs à nous mêler aux figurants, mais je crois que j'étais le plus proche de la scène. Quelle femme ! Quelle beauté ! Pendant la longue fermeture du zoo, la direction nous imposait sans cesse des formations en tous genres, pour nous changer de la seule compagnie des animaux. L'une d'elles s'appelait « Affirmation de soi » et je venais de la suivre. La formatrice avait insisté encore et encore sur la nécessité d'oser, d'agir, de parler, de ne pas craindre les échecs, de les voir comme des pas en avant, de suivre ses rêves, de croire en soi… Sans elle, je n'aurais jamais trouvé le courage d'aborder l'actrice principale ce jour-là. Tous les figurants étaient partis, les techniciens pliaient bagage, la star avait disparu dès la fin de la scène. Il ne restait que le réalisateur – qui était en fait le scénariste, mais je n'en savais rien à l'époque –, l'actrice et quelques régisseurs qui terminaient de nettoyer les lieux, de ramasser les gobelets et tout ce qui traînait. Le scénariste-réalisateur et l'héroïne étaient assis côte à côte sur un rondin de bois, ils avaient l'air de discuter mais leurs lèvres ne bougeaient pas. Je me souviens de m'être dit qu'ils devaient être ensemble dans la vie. Ça arrive souvent, je crois, les couples de réalisateur et d'actrice. Par chance, avec les scénaristes c'est beaucoup plus rare, et en effet ce n'était pas le cas.

À un moment les derniers régisseurs sont partis avec des gros sacs-poubelle, le scénariste s'est éloigné pour répondre à un coup de téléphone, l'héroïne est restée assise seule sur le rondin. J'avais un seau de poissons morts à la main, je me suis approchée d'elle. Elle m'a dit bonjour, j'ai réussi à lui répondre et je ne sais pas pourquoi je lui ai demandé si elle avait faim. Et là – je ne remercierai jamais assez la formatrice en « Affirmation de soi » – elle a pouffé de rire en voyant mon seau. Tout gonflé par son rire, j'ai posé mes poissons et je suis venu m'asseoir à côté d'elle sur son rondin. J'ignore si elle savait que j'avais assisté à la scène. Nous n'avons jamais évoqué le sujet. Elle a montré le seau, m'a demandé pour qui c'était, et très vite je lui ai parlé des otaries, sur lesquelles je suis intarissable… Aujourd'hui encore, quand on déjeune avec nos deux filles au restaurant et qu'on voit passer un poisson dans une assiette, je ne peux m'empêcher de leur parler des otaries. Mes filles lèvent les yeux au ciel et disent « Oui, papa, on sait », mais elle, l'actrice, ma femme, l'héroïne de ma vie, la mère de mes enfants, cette beauté incroyable, elle me regarde et elle me sourit.

La cascadeuse

La productrice n'y est pas allée par quatre chemins, elle m'a demandé si j'étais libre pendant toute la durée du tournage… et si je savais aussi garder les enfants. J'ai compris qu'en termes de cascades, le film n'allait pas battre des records. J'ai froncé les sourcils, elle m'a laissée réfléchir. Je n'ai pas posé de questions, j'ai seulement dit oui. Les gens s'inquiètent beaucoup de savoir dire non, mais savoir dire oui est tout un art aussi.

Pendant deux mois, j'ai veillé sur les dix enfants qui jouaient dans le film. Quelques éducateurs passaient régulièrement mais j'étais l'unique résidente. Le plus souvent, je leur foutais la paix, mais au moindre problème j'étais là. Les seules escapades que je m'accordais étaient mes visites nocturnes à l'ingénieure du son. Et bien sûr, j'attendais que tous dorment d'un sommeil profond.

Un enfant acteur

Je suis toujours en contact avec les neuf autres. L'hôtel possédait un bâtiment annexe de quelques chambres, nous étions logés là tous les dix avec une responsable permanente. Il y avait aussi des éducateurs qui passaient, ma préférée s'appelait Doris, elle nous donnait des cours de dessin où chacun devait poser pour les autres. Pas nu, bien sûr. C'était étrange d'avoir toutes ces versions de soi à la fin. Doris animait la séance avec plein de consignes surprenantes : dessiner en trois minutes, ou seulement avec du rouge, ou un œil fermé, et cetera… C'est comme ça que j'ai commencé à me rendre compte que la vision que les autres avaient de moi venait davantage d'eux que de moi. J'ignore si c'était l'objectif caché de Doris. Ça m'a beaucoup servi pour ma carrière d'acteur en tout cas. Lorsque vous comprenez que vous êtes avant tout un support pour le monde intérieur des autres, votre importance se réduit en même temps que votre pouvoir augmente. En chaque spectateur réside une version de vous que vous ne connaissez pas. Cela limite le contrôle que vous en avez, en même temps que cela illimite votre potentialité. Une fois l'idée acceptée, ce qui peut prendre du temps, puis assimilée, ce qui peut en prendre encore, vous comprenez que vous n'avez rien à jouer, puisque ce n'est pas vous qui interprétez. Votre seule option c'est d'être.

Devenir acteur, quoi qu'on dise, c'est apprendre à vivre dans le regard de l'autre. S'en dissocier pour saisir sa puissance, puis y retourner afin de s'en servir. Là où le développement personnel vous incite à vous affranchir des regards extérieurs pour trouver votre singularité, l'art dramatique vous demande de vous y plonger en vue de la multiplier. Le détachement reste à la base des deux : je ne suis pas pour moi ce que je suis pour l'autre, ou je suis pour l'autre un autre que moi. Le plus troublant, c'est que notre propre version de nous n'est qu'une des innombrables versions de nous possibles. On ne cesse de s'y accrocher mais elle n'a pas plus de réalité que les autres. Il est même pensable qu'une autre soit plus réelle… C'est précisément dans l'oubli de sa propre version de soi que naît le travail de l'acteur. On entend parler d'ego surdimensionné, en réalité il s'agit d'ego illimité… Si vous n'êtes à vos yeux qu'une version de vous possible, et rarement la meilleure, il faudrait pouvoir demander aux autres quelle version de vous ils ont, et c'est exactement ce qui se passait lors des séances de dessin de Doris. Je ne le comprenais évidemment pas à l'époque, mais grâce à cette incompréhension, l'expérience est allée se déposer directement au fond de moi.

Des dix, je suis le seul à être resté acteur. Certains ont eu des petits rôles dans leur jeunesse mais aucun n'a poursuivi après l'adolescence. Cela ne nous empêche pas de nous tenir au courant de nos chemins respectifs, de nous appeler de temps en temps, ou de nous rencontrer à deux ou à trois. Ces mois d'enfance passés à l'hôtel nous évoquent à tous un paradis perdu. Nous le pleurons, bien sûr, nous ne cessons de le pleurer, mais jamais nous ne ferions la bêtise de vouloir le recréer.

Le réalisateur

La tendance avec le numérique, c'est de faire un maximum de prises, de tout filmer. C'est tout juste si les chefs opérateurs ne laissent pas les caméras tourner du matin au soir, de peur de rater quelque chose. Sur le moment ça peut être rassurant, mais arrivé au montage c'est l'enfer. Comme si vous aviez un deuxième film à tourner dans le monde parallèle qu'est devenu l'ensemble des rushes du premier. Vous regardez un acteur dire trente-sept fois bonjour, il faut en choisir une, et là, si vous avez un frère à côté de vous, c'est la folie qui guette. Surtout si votre frère est mon frère.

Pour avancer il n'y a que deux solutions : soit vous prévoyez de passer le reste de vos jours dans une salle de montage, soit vous allez monter en douce le week-end quand votre frère n'est pas là. Il faut soudoyer un peu la monteuse mais c'est faisable, et c'est aussi comme ça que j'étais tombé amoureux de mon ex-femme. En général, les monteuses n'ont pas de mari, pas de famille, pas de vie en dehors de leur boulot, ce qui était le cas de mon ex-femme quand je l'ai rencontrée. Toutes leurs amies sont monteuses comme elles, elles sortent pour se retrouver en fin de soirée quand les réalisateurs ont jeté l'éponge, ou se sont endormis sur leur chaise face à l'écran. Dans ce cas, elles prennent leurs affaires sans faire de bruit, et quand elles sont gentilles – les monteuses le sont presque toujours – elles les recouvrent d'un plaid, leur laissent un petit mot qui dit à demain, éteignent les lumières de la salle, sortent à pas feutrés, appellent enfin leurs copines, alors on se retrouve où ? Une fois attablées, elles boivent des verres de vin en se racontant leur journée et c'est à elles de sélectionner les moments qu'elles décident de partager avec les autres. Ça se fait de façon naturelle, sans hésitation, sans perfectionnisme, des choses se présentent à leur esprit, qu'elles choisissent ou non d'exprimer mais elles n'y passent pas des heures et surtout elles n'ont ni frère ni sœur qui discutent leur choix… Hélas, si l'amour naît dans la salle de montage et qu'elles commencent à passer la nuit avec le réalisateur, qu'elles l'épousent, qu'elles font des enfants avec lui, les choses se compliquent, et c'est ainsi que j'avais ruiné mon mariage à force de crises de colère au milieu des plans et des séquences.

Hanté par cette expérience, j'avais décidé d'intervenir en amont cette fois, dès le tournage, en filmant le moins possible, c'est-à-dire deux prises pour chaque plan. Trois en cas de problème technique. Cela exigerait davantage de répétitions avec les acteurs, et il arriverait qu'on passe à côté d'une performance excellente, mais je préférais de loin ces frustrations quotidiennes à l'horreur finale de la salle de montage. On pouvait parier qu'en maintes occasions mon frère et moi ne tomberions pas d'accord sur le choix d'une des deux versions mais la discussion pourrait rester raisonnable et nous aurions toujours la monteuse pour trancher. Elle-même ne partirait pas à des heures indues, tout le monde profiterait de son week-end, le montage redeviendrait le moment de plaisir, presque de récompense, qu'il n'aurait jamais dû cesser d'être… Au point que j'avais osé rappeler mon ex-femme pour lui proposer de faire partie de l'aventure. Sans aucune idée derrière la tête – nous avions fait le tour de nos idées depuis longtemps –, seulement parce que c'était la meilleure monteuse que je connaissais. La possibilité que nous réussissions à sauver de notre mariage ce qui l'avait précisément coulé (notre travail ensemble), que notre ennemi numéro un devienne notre dernier ami commun, cette possibilité-là m'animait, et me donnait à elle seule l'envie de faire le film.

Un acteur

Souvent les petits rôles ne reçoivent pas l'intégralité du scénario, uniquement les scènes qui les concernent, accompagnées d'un bref contexte. Selon l'ampleur du film, cela peut venir d'une volonté d'empêcher des fuites ou plus simplement d'économiser du papier. Le fait est que vous vous présentez pour une demi-journée, une journée, deux parfois, vous interprétez votre personnage et vous ne savez rien de l'histoire du film. On se contente de vous rappeler que vous êtes charcutier sur un marché et que vous hélez la foule en vantant votre saucisson. Une femme s'arrête, observe votre étalage. Vous remarquez qu'elle a l'air triste et vous lui tendez une planche pour lui offrir une tranchette. Elle lève les yeux vers vous, vous lui souriez, elle attrape une tranche de saucisson qu'elle mâche lentement en vous regardant. Vous ne pouvez pas savoir qu'elle vient de passer la nuit avec un robot et qu'elle se sent troublée par l'apparition de ses propres sentiments. Vous ne pouvez vous douter que ce qu'elle avait d'abord pris pour un simple remède à sa solitude sexuelle est en train de se transformer en un être aimé d'elle. Il vous est impossible d'imaginer qu'elle se demande déjà à quoi lui servira d'être si bonne cuisinière si son mari ne touche pas à ses plats. Et les enfants… Est-ce que ça veut dire pas d'enfants ? Pour le reste, elle est heureuse, son corps a chanté toute la nuit, son cœur prend le relais. Cela, vous le percevez. Elle vous achète deux saucissons, vous lui offrez un petit chorizo en prime, comme précisé dans le scénario. Elle vous remercie et s'en va. Le réalisateur dit que c'est dans la boîte, votre rôle dans le film est fini, votre passage dans la vie de cette femme aussi.

Est-il possible que vous comptiez si peu ? Vous auriez tant à lui dire, vous aimeriez tant la connaître. Vous quittez votre stand, l'assistant réalisateur qui vous a accueilli le matin même vous saute dessus, vous dit que c'était parfait et vous demande de refaire la scène sans rien changer. Vous dites oui, vous êtes ravi, vous devez juste faire attention à ne pas laisser paraître votre joie devant la caméra. Vous reprenez place sur votre stand et vous hélez la foule en vantant votre saucisson. La même femme s'arrête, vêtue et coiffée exactement pareil. Elle observe votre étalage, vous remarquez qu'elle a l'air triste et vous lui tendez une planche pour lui offrir une tranchette. Elle lève les yeux vers vous, vous lui souriez, elle attrape un morceau de saucisson qu'elle mâche lentement en vous regardant. Vous ne savez toujours pas qu'elle vient de passer la nuit avec un robot. Qu'elle se sent troublée par l'apparition de ses propres sentiments. Vous ignorez encore que ce qu'elle prenait pour un remède à sa solitude sexuelle se transforme peu à peu en être aimé. Vous ne pouvez pas imaginer qu'elle se demande déjà à quoi lui servira d'être si bonne cuisinière si son mari ne mange pas ses plats. Et puis les enfants… Est-ce que ça veut dire pas d'enfants ? Pour le reste, elle est heureuse, son corps a chanté toute la nuit, son cœur prend le relais. Cela, de nouveau vous le percevez, à sa façon de vous annoncer qu'elle vous prend deux saucissons. Vous lui offrez un petit chorizo en prime, comme l'indique le scénario. Elle vous remercie et s'en va. Le réalisateur dit que c'est dans la boîte. Tout le monde se relâche. Cette fois-ci, c'en est bien fini de votre rôle dans ce film. Et de votre double passage dans la vie de cette femme.

Est-il possible que vous continuiez de compter si peu ? Vous auriez encore plus à lui dire, vous aimeriez encore plus la connaître. Vous quittez votre stand, vous allez vous changer, vous rendez votre tablier, votre casquette et votre foulard à la costumière, vous saluez l'assistant réalisateur qui vous a accueilli le matin même. Il prépare déjà la scène suivante : le robot assis seul sur un banc qui regarde des feuilles tomber. Vous avez envie d'aller dire au revoir à la femme, enfin à l'actrice, mais vous manquez d'aplomb et vous ne l'apercevez nulle part. Vous lancez un au revoir à la ronde avant de vous mettre en marche vers la station de métro Villejuif-Louis-Aragon. La pensée vous traverse que jamais une station de métro ne portera votre nom. D'un coup votre existence vous paraît d'une fadeur insupportable. Vous n'avez pas envie de rentrer chez vous, de retrouver votre intérieur, la porte qui s'ouvre en grinçant, les chaussures sur le paillasson, la lumière de la hotte, la plaque de cuisson sale. Vous passez devant la station et vous continuez à pied, il est midi et votre journée de travail est déjà finie. Vous marchez, vous avez l'impression que, tant que vous ne faites pas autre chose, vous continuez à jouer dans le film, vous restez le charcutier du marché, vous pouvez encore recroiser la femme par hasard... Mais vous lui diriez quoi ? « Alors, il était bon, mon chorizo ? »

Vous secouez la tête, vous marchez de plus belle, vous sentez que vous vous éloignez du film, que vous êtes de moins en moins le charcutier du marché, de plus en plus un comédien qui galère entre deux mini-rôles et qui traîne pour ne pas rentrer chez lui. Vous vous prenez à rêver d'un film où vous auriez le rôle principal... Pour vous venger, la même actrice n'y jouerait qu'une vendeuse de boulangerie à laquelle vous achèteriez des croissants. Une fois la scène dans la boîte, ce serait à elle de rentrer seule chez elle tandis que le tournage se poursuivrait. Hélas, ce serait toujours vous qui continueriez de penser à elle. Vous vous demanderiez qui elle est, sans doute une comédienne qui galère entre deux mini-rôles, vous auriez envie de savoir à quoi ressemble sa vie, vous voudriez lui courir après pour la ramener dans votre film et lui faire jouer un plus grand rôle. C'est sans solution... Vous mettez fin à votre rêve, vous reprenez vos esprits, vous descendez à une station de métro qui ne porte le nom de personne et vous prévoyez de faire un arrêt à la supérette en bas de chez vous pour acheter des éponges et du détergent, vous allez la faire briller cette plaque de cuisson.

Le dresseur animalier

Diriger un félin se résume en gros à faire sa connaissance. J'observe l'animal, je repère ce qu'il a envie de faire, puis je lui en donne l'ordre pour créer l'illusion… Si un chat s'aperçoit que vous essayez de le faire travailler, vous n'en tirerez jamais rien. Le premier qui devait jouer dans le film n'a pas daigné mettre une patte dans l'hôtel. Il a tout de suite senti l'arnaque. J'ai dû inventer une explication pour la maison de production : j'ai mis son comportement sur le dos d'anciens animaux qui avaient probablement résidé dans les lieux, et dont il sentait encore la présence.

La vérité est qu'un grand nombre de chats n'ont pas envie de faire du cinéma, c'est beaucoup plus fréquent que chez les humains… À croire que pour eux le star-system fonctionne à l'inverse, la réussite consistant à vivre inconnu, n'apparaître sur aucune photo, dans l'idéal ne pas avoir de nom. Les chats célèbres sont la honte de l'espèce. Les autres chats les plaignent, frémissent à l'idée que ça pourrait être eux, les méprisent parfois. Si la société humaine poursuit son évolution, ce qui est de moins en moins évident, on peut envisager que la même chose se produise. L'anonymat qui devient le nec plus ultra. La célébrité vue comme de l'avilissement, les stars comme les dernières des dernières, qu'elles viennent du cinéma ou d'ailleurs. Votre nom sur quoi que ce soit, un échec personnel. Chaque photo publiée, une perte de dignité. Toute publicité, de la mendicité.

La cadreuse

En grand admirateur d'Alfred Hitchcock, le réalisateur tenait à faire une apparition dans le film, et comme on pouvait s'y attendre il voulait être un robot. Tant qu'à jouer un rôle, autant que ce ne soit pas le vôtre. Cependant, il peinait à trouver une scène où se glisser, comme si le film refusait de le laisser entrer. Là où le plus humble des figurants ne rencontrait pas le moindre obstacle, le réalisateur se faisait refouler à chaque tentative, soit que la prise rate, soit qu'on ait besoin de lui juste avant le clap, soit que le moment choisi pour son passage disparaisse ensuite du découpage. L'équipe avait commencé par en rire puis s'était lassée… Après un temps, le réalisateur avait capitulé. Il avait accepté que le film existe sans lui, l'avait laissé vivre sa vie. Le comble, c'était que presque tous les membres de l'équipe apparaissaient çà et là dans le film. Chaque fois qu'un figurant manquait, ou même un petit rôle, ce qui était fréquent à l'époque, le directeur de production et la scripte se mettaient en quête d'une personne qui fasse l'affaire sur le plateau, pour éviter d'avoir à reporter les scènes et de couler le budget. Certains se cachaient sur leur passage, d'autres se mettaient au contraire en avant, mais rien n'échappait à leur regard et ils finissaient toujours par trouver celle ou celui dont le film avait besoin. Évidemment, l'heureux élu bénéficiait d'une double paie à la suite de son apparition, ce qui faisait l'affaire de tout le monde, jusqu'au patron de l'hôtel, qui avait été mis à contribution le jour où un acteur interprétant un robot père de famille s'était fait porter pâle. Quant à l'acteur qui mourait dans la première scène du film, il avait effectué tellement de remplacements que la production l'avait interdit de nouveau rôle. Seul un petit groupe refusait catégoriquement de jouer les suppléants, avec le scénariste pour chef de file. C'était pourtant lui qui connaissait le mieux chacun des rôles, pour les avoir non seulement écrits mais interprétés lors des répétitions. Hélas, personne ne pouvait le convaincre de passer devant la caméra, pas même son frère qui, à l'inverse, se voyait sans cesse rejeté derrière.

Je ne me sentais aucune affinité avec le scénariste mais nous nous retrouvions souvent ensemble au même endroit. Le cinéma est d'abord un art de l'attente, on mesure mal à quel point tout le monde passe son temps à poireauter sur un tournage. Parmi les nombreux professionnels, celui pour qui l'attente est le plus cruelle est le cadreur, car il n'est jamais sûr qu'on aura besoin de lui. Même chose pour la cadreuse, évidemment. Le réalisateur et le chef op étant déjà deux à décider de l'image et du cadre, si la prise ne nécessite qu'une caméra, son expertise devient facultative… À force, j'avais réussi à vaincre l'antipathie que m'inspirait le scénariste et à m'intéresser à lui comme je me serais intéressée à un extraterrestre. Comment est-ce sur ta planète ? Qu'est-ce qu'on y mange ? On y fait quoi ?…

Avec le recul, je pense avoir été une des rares personnes à comprendre sa réticence à apparaître dans le film. Ce qui poussait le scénariste à inventer des histoires, des personnages ou des mondes, c'était la possibilité de ne pas en faire partie. De faire l'expérience d'un monde qu'il n'habitait pas. Il s'agit d'une chose impossible, impensable, dans la vie. Même en position de témoin, personne ne peut accéder à une expérience sans la vivre, sans l'éprouver à travers sa personnalité. Par exemple, vous ne pouvez pas vivre une histoire d'amour entre deux personnes sans être l'une des deux. Vous devez forcément être là, même si c'est pour tout gâcher. Des millions de kilomètres avaient beau nous séparer, le scénariste et moi, je saisissais ce qui l'animait… La dernière chose qu'il voulait voir dans le film, c'était lui-même. Je suis prête à parier qu'il aurait adoré vivre sur Terre s'il ne s'y était pas trouvé.

Le chef décorateur

Le dimanche, on ne travaillait pas. Les deux frères étaient très stricts sur ce point, sans doute un vestige de leur éducation. On ne travaillait pas mais on ne pouvait pas quitter le périmètre de l'hôtel. Certains passaient la journée dans leur chambre, d'autres dans le hall, d'autres allaient courir ou faire de l'exercice sur le parking. Toutes les occupations ordinaires étaient fermées (commerces, cafés, restaurants, églises, cinémas, salles de sport). Ne restait que la promenade à courte distance mais chacun découvrait que flâner dans des endroits désertés perdait beaucoup d'intérêt. Là où naguère on aurait payé pour que la foule disparaisse, on se mettait à la regretter, à prendre conscience que ce qu'on appréciait dans la promenade c'était moins les lieux que ce qui se passait dedans, moins le monde que la vie elle-même. Surtout dans le Val-de-Marne. Peut-être que les Parisiens arrivaient encore à apprécier des couchers de soleil au-dessus de la Seine, de Villejuif on ne les voyait pas. Certaines destinations paraissent finales, Villejuif en fait partie. Une fois qu'on y arrive, on a l'impression qu'on ne peut que rester ou faire demi-tour. La plupart des gens ne se posent pas la question, ils font demi-tour.

Le dimanche, peut-être de peur que la dépression s'abatte sur l'hôtel, les propriétaires faisaient tout pour nous distraire : séances de films, jeux de société et autres activités, une vraie colonie de vacances. Et puis ça baisait de tous les côtés. La tension sexuelle contenue et accumulée pendant les jours de tournage explosait le dimanche dans presque toutes les chambres. Si certains finissaient par prendre part aux loisirs culturels, c'est qu'ils étaient complètement vidés. Les yeux hagards, les sexes repus, ils allaient s'installer dans le grand salon de l'hôtel pour revoir *Piège de cristal* ou *La Tour infernale*, ou bien ils s'asseyaient autour de tables rondes et entamaient des parties de Yam's ou de Cluedo. Hormis la robotte et la star, il n'y avait pas de couple sur le tournage, ce qui évitait les complications. En dehors du tournage, on ne savait même pas qui était célibataire ou non. L'ingénieure du son incarnait à elle seule l'idée qu'on peut aimer un homme et coucher avec d'autres, même quand c'étaient des femmes. Elle avait au minimum un partenaire par étage. Ça n'était pas une reine de beauté mais elle possédait un don très rare devant lequel les portes s'ouvraient : elle savait immédiatement de quoi vous étiez en manque. S'il s'agissait de tendresse, elle était tendre, de brutalité, elle se montrait brutale, si c'était de soumission, elle vous dominait, si c'était de domination elle se soumettait. À exercer sans cesse son écoute, l'ingénieure du son avait atteint un niveau de perception inaccessible à la plupart d'entre nous. Elle était comme un caméléon sexuel, à l'aise avec tous les besoins, même inconscients. Une magicienne, pour ainsi dire. Pourtant, lorsqu'elle entrait dans la chambre des deux frères, ça n'était jamais sexuel, elle y allait pour discuter avec le réalisateur ou pour boire avec le scénariste.

Le dimanche, l'ingénieure du son partait du quatrième étage en début de matinée et atterrissait dans le grand salon en fin de journée, radieuse et lessivée. Elle s'affalait dans un fauteuil en cuir et regardait, les yeux vides, *Matrix* ou *The Truman Show*. C'était le patron de l'hôtel qui choisissait les films et selon lui le critère essentiel d'« un bon film du dimanche » était qu'il fallait l'avoir déjà vu. Aussi faisait-il de son mieux pour trouver des films que tout le monde connaissait déjà. Et même si de jeunes techniciens avaient assisté pour la première fois à *Usual suspects* ou à *Un jour sans fin*, en général il tapait dans le mille. Le programme était scotché dans l'ascenseur le samedi. Les séances débutaient dès neuf heures, et environ toutes les deux heures trente un nouveau film commençait. Pour ceux qui résistaient à l'occupation sexuelle, que ce soit par fidélité, professionnalisme, goût de la solitude ou manque de vitalité, ce cinéma aussi varié que permanent était une aubaine, en particulier parce qu'on y retrouvait, comme au temps des chaînes de télévision, l'abandon au choix d'un autre, un magicien cette fois, qui décidait pour nous de ce qu'on allait voir. Et si on objectait qu'on l'avait déjà vu, il répondait qu'il était temps de le revoir, et si on protestait qu'on l'avait déjà revu et rerevu, il répliquait qu'alors le film devait vraiment nous plaire, et pourquoi nous en priver ? Hein, pourquoi ?... On capitulait, on allait s'asseoir, et au bout de quelques minutes on se laissait prendre. C'était comme rentrer chez soi sans quitter l'hôtel, voilà ce qu'avait compris le propriétaire. Chaque personne assise dans le grand salon devant *Les Aventuriers de l'arche perdue* ou *Chantons sous la pluie* se déconfinait malgré elle, voyageait en un lieu inaccessible aux pandémies, celui du film en elle, où elle retrouvait des amis, des frères et sœurs, des parents, des enfants, des gens parfois perdus de vue depuis longtemps… C'était mille fois plus réconfortant qu'un appel visio.

Le photographe de plateau

Ma carrière a traversé le cinéma telle une météorite avant de sombrer dans la publicité et de s'écraser dans la mode. Pourtant de tous mes souvenirs de photographe, ce tournage reste le meilleur. C'était tellement le foutoir de tous les côtés que je me sentais presque à ma place. J'ai perdu la plupart des clichés, hélas, en égarant un disque dur. Ne subsistent que mes photos remises à la production, que tout le monde a pu voir dans le beau livre sur le film paru le Noël après sa sortie. Comme un débutant, j'avais cédé tous les droits. Il y a également les tirages que j'avais envoyés à chaque acteur, actrice et membre de l'équipe après le tournage. C'était ma première expérience sur un plateau et j'étais si dépité que l'aventure s'arrête que j'avais passé un mois supplémentaire à sélectionner et retravailler une photographie pour chacun. J'avais fait des tirages uniques que j'avais glissés dans des enveloppes et confiés à la productrice. J'espère que tout le monde les a reçus.

J'ai travaillé sur un seul tournage après celui-là, mais j'ai craqué et je suis parti avant la fin. Je me faisais engueuler comme un gamin par la réalisatrice. Le vrai talent d'un photographe de plateau, c'est de savoir s'effacer, se tenir là où ça ne dérange pas, tout en trouvant les meilleurs points de vue. Ce à quoi j'étais parvenu avec les deux frères en collant aux semelles du scénariste, qui maîtrisait ce don mieux que personne. Comme il n'avait rien à faire sur le plateau, il excellait dans l'effacement, et je n'avais qu'à le suivre de près. Mais sur le tournage suivant, plus de scénariste, une réalisatrice hystérique, des professionnels hyperactifs, et moi toujours dans le passage à gêner tantôt le chef op, tantôt le perchman, tantôt les acteurs. Je suis sûr qu'à partir de tous les rushes ils avaient de quoi monter une version du film où on me voyait dans chaque scène. Ce qui aurait pu aboutir à une œuvre intéressante, *L'Homme qui n'avait rien à faire là* ou quelque chose comme ça, mais ce n'était pas du tout le projet de la réalisatrice.

Le dresseur animalier

Dans le climat particulier de l'hôtel, je me rendais compte qu'un chat lambda allait avoir du mal à trouver sa place. Après plusieurs échecs, j'ai demandé au régisseur général si nous pouvions faire appel à un animal appartenant à quelqu'un de l'équipe. Ce serait plus facile pour moi de le mettre en confiance et de l'entraîner à faire ce qu'il avait envie de faire. Le régisseur m'a aussitôt proposé son chien mais le scénario disait un chat, sans quoi toutes les scènes auraient déjà été tournées. Un chien se dresse, un chat non. Les débats sur l'éducation humaine prennent leur source au même endroit. Certains adultes considèrent les enfants comme des chiens, d'autres comme des chats. La vérité, c'est que les deux écoles mènent dans le mur car les enfants sont encore autre chose, ce que j'ai vu de plus proche étant les girafes… Le régisseur général insistait, à croire qu'il rêvait que son chien devienne célèbre, mais ce dernier ne m'était d'aucune utilité, j'avais besoin d'un chat. Le régisseur s'est braqué, il est carrément allé demander au réalisateur quelle différence ça faisait, au juste, un chien ou un chat. Celui-ci l'a fixé du regard avant de lui aboyer dessus, ce qui a clos la discussion.

Nous avons fait passer le mot dans toute l'équipe et, comme on pouvait s'y attendre, le scénariste avait un chat. Neuf fois sur dix, les auteurs qui ont des chiens parlent de chiens et ceux qui ont des chats parlent de chats. J'ai rarement vu l'inverse. Le scénariste avait en réalité trois chats dont un était mort l'année précédente. Il s'est montré d'accord pour faire un essai avec ses deux chats. Deux chattes, plus précisément. Le scénario ne mentionnait qu'un seul animal mais le scénariste ne voulait pas les séparer. Emmener l'une sur le tournage et laisser l'autre à la maison lui paraissait cruel, je sentais qu'il ne s'était pas vraiment remis de la mort du troisième et je ne voulais pas le brusquer. Je lui ai demandé si dans l'histoire du film ça poserait un problème que l'héroïne ait deux chattes au lieu d'une. J'ai seulement pris conscience de ce que je disais à mesure que je le disais mais lui n'a rien relevé. Il m'a répondu que non, aucun problème, encore mieux, c'était une bonne idée, une des chattes de l'héroïne pourrait préférer le héros et l'autre le méchant. Je n'ai rien relevé non plus.

Le lendemain matin, le scénariste est arrivé avec ses deux chattes, qui se sont aussitôt approprié l'hôtel. J'ai passé la journée à les observer, ça allait être beaucoup plus facile que prévu, mais j'ai prétendu le contraire parce que l'hôtel commençait à me plaire et je n'avais pas envie de m'en aller… Je venais de rompre avec mon mec, et pour des raisons matérielles je continuais de l'héberger provisoirement dans mon appartement. Nous dînions encore ensemble le soir, avant de nous coucher chacun de notre côté, dans les mêmes mètres carrés où nous nous étions aimés. Il nous fallait revoir nos déplacements, nos entrées, nos sorties, surveiller nos regards, nos gestes, remettre en chantier toute l'interprétation de notre relation. C'était un travail lourd et triste, que nous menions la mort dans l'âme. Dans ce contexte, un séjour prolongé à l'hôtel me paraissait plus que bienvenu… J'ai inventé la nécessité d'une préparation intensive des deux chattes et je me suis installé dans une petite chambre avec elles. Le scénariste n'ayant pas l'habitude de dormir en leur compagnie, aucune jalousie n'était à craindre de sa part. De mon côté je ne me suis pas gêné : une sur mon ventre, l'autre à mes pieds, et elles échangeaient leur place plusieurs fois par nuit. J'ai peu dormi mais j'ai été infiniment heureux.

Les chattes n'avaient que trois scènes dans le film, cependant leur rôle était décisif car elles étaient les seules à faire la différence entre les robots et les humains. Au bout d'un moment, les séquences ont quand même dû être tournées. Les chattes se sont montrées parfaites dès la première prise. Le soir, je n'avais plus rien à faire là. Je suis rentré chez moi, mon ex avait fini par partir. Je me suis assis seul par terre au milieu du salon. J'ai miaulé… Pour ne pas mélanger travail et vie privée, je n'avais jamais eu d'animaux.

La productrice

La demande est venue des deux actrices à la fois. Elles étaient à bout, elles voulaient intervertir leurs rôles. Les deux frères les ont écoutées patiemment. L'une a fondu en larmes, l'autre s'est énervée. Elles sentaient qu'elles jouaient de plus en plus mal, que leurs personnages leur échappaient, bref elles étaient des actrices et elles avaient besoin d'être rassurées.

Selon la technique de la redirection – dont le scénariste était passé maître à force de la pratiquer avec ses chattes –, au lieu de refuser leur demande, il l'avait accueillie et orientée vers une autre proposition : une série de nouvelles répétitions en petit comité, afin de les aider à retrouver leurs marques. Et ça a marché, telles des chattes qui se voient offrir un morceau de carton à gratter pour épargner un canapé, les actrices se sont senties entendues, acceptées, aimées. Puis elles ont ravagé le carton.

La robotte

On se retrouvait tous les matins, deux heures avant l'arrivée de l'équipe, les deux frères, l'héroïne et moi. La scripte était là aussi. Pour les scènes avec la star, c'était le scénariste qui servait de doublure. Même si on avait du mal à ne pas pouffer de rire à sa façon de l'imiter, on avait besoin de sa silhouette et de ses répliques. La tension sexuelle en prenait un coup, mais j'en avais suffisamment en réserve avec la star sur mes fesses toute la journée… Au début c'est merveilleux, vous lui tournez le dos, vous sentez ses yeux accrochés à votre postérieur et vous filez en l'entraînant derrière vous tel un wagon derrière une locomotive, avec des petits coups d'œil en arrière pour vous assurer qu'il suit bien. Les premiers temps, il ne voit que vous, comme dans un tunnel, puis progressivement le tunnel s'éclaircit, le paysage réapparaît. Revient la campagne, reviennent les vaches, reviennent les clochers, votre wagon vous lâche d'un œil mais reste accroché de l'autre, reviennent les zones de cargaisons, reviennent les villes, il vous lâche des deux yeux, clignotent les aiguillages, claquent les barrières. Peu à peu vous n'osez plus lui tourner le dos de peur qu'il se détache aussitôt, qu'une autre locomotive passe par là et l'entraîne avec elle, ou qu'il s'en aille battre la campagne. Fin de la métaphore ferroviaire. Tout ça pour dire qu'à cette époque il était si bien accroché que j'aurais pu me lancer dans un grand huit sans le perdre un centième de seconde… Fin de la métaphore pour de vrai. De toute façon, à cinq heures il dormait, si beau dans la pénombre au moment où mon alarme sonnait. Je remontais la couette sur ses épaules, me glissais hors du lit, filais à la salle de bains où j'avais branché la bouilloire et me préparais un thé en m'habillant. Je me douchais puis je revoyais le texte du jour, assise sur le rebord de la baignoire.

À cinq heures et demie, je retrouvais la petite bande dans la chambre des deux frères. La scripte fumait au balcon, le réalisateur regardait le café passer dans la cafetière, le scénariste lisait des *Astérix* sur son lit déjà impeccablement fait. L'héroïne arrivait toujours la dernière, nos regards se croisaient, nos sourires aussi, nous savions qu'au-delà de nos différences nous étions en train de nous créer un espace de jeu qui ne serait accessible qu'à nous. Les deux frères poussaient les lits, tentaient de symboliser les différents décors. On avait appris les mouvements lors des premières répétitions, il nous fallait les transposer dans ce nouvel environnement. On répétait uniquement les scènes de la journée, ultra-concentrées, à ces heures aurorales où selon les constitutions certaines personnes (moi et la scripte) voguent déjà les voiles pleines de vent et d'autres (l'actrice principale et le réalisateur) rament péniblement derrière le jour qui se lève. Quant au scénariste il faisait la planche, comme d'habitude, tout heureux de jouer le robot principal et de nous voir naviguer autour de lui. Fin de la métaphore maritime. Souvent, la nouvelle interprétation se répercutait sur le texte, auquel il apportait des corrections de dernière minute que nous devions ensuite intégrer à nos rôles. Pendant les scènes où une seule de nous jouait, l'autre allait s'asseoir avec la scripte et observait le travail. L'heure du petit déjeuner arrivait, chaque fois nous demandions à continuer de répéter, mais le réalisateur disait non, ça suffit, on va devenir fous, vous serez parfaites, et puis il faut manger. Si ça n'avait tenu qu'au scénariste, je crois qu'on aurait pu continuer de répéter toute la vie dans la chambre. Fermer la porte à clé, différer le tournage, poursuivre à l'infini ces infimes variations… Ce qui prouve qu'ils étaient, malgré tout ce qui a été dit sur eux, parfaitement à leur place de scénariste et de réalisateur. L'un qui fantasme, l'autre qui réalise.

À sept heures, l'actrice principale et moi retournions chacune dans nos chambres, la scripte à son balcon, les deux frères sur leurs lits. Le scénariste reprenait son *Astérix*. Le réalisateur buvait du café les yeux au plafond. La scripte lançait des signaux de fumée dans le ciel du Val-de-Marne, comme pour avertir la populace qu'un film allait se tourner… Arrivée dans ma chambre je retournais sous la couette et je me frottais contre la star, puis je me mettais sur lui qui s'éveillait à peine, petite barque perdue dans l'océan, et telle une mer démontée je me déchaînais pour le faire chavirer… Fin de la métaphore pour de vrai.

Le directeur de production

Robots ou pas robots, le soir venu à l'hôtel tout le monde picolait. Sauf le réalisateur, et l'actrice qui interprétait la femme enceinte du premier enfant robot-humain et qui était réellement enceinte. J'ignore si elle était tombée enceinte pour le rôle (certains comédiens sont capables de pousser leur engagement très loin), ou si les deux frères l'avaient choisie pour ça, ou si c'était un heureux hasard.

Pendant le tournage, en plus de porter la vie, elle jouait de la guitare. Le soir, elle s'asseyait un peu à l'écart et nous regardait nous saouler tout en remplissant de chansons d'amour tragiques la salle de restaurant de l'hôtel. Personne d'autre ne chantait, ça n'avait rien d'un feu de camp ou d'une fête entre copains. On aurait dit un poste de musique humain installé dans un coin. Une des meilleures idées du scénario, à mon sens, était que ce personnage ne fasse pas partie des rôles féminins principaux, qu'une inconnue débarque de nulle part avec son gros ventre un quart d'heure avant la fin du film et que ce ne soit pas l'héroïne qui, en plus d'être déjà l'héroïne, devienne la première mère d'un robot-humain, quelle coïncidence ! Bien sûr, on peut objecter que ça aurait justifié qu'elle soit l'héroïne… J'y ai beaucoup réfléchi et ma réflexion m'a conduit à penser que non. Les choses n'arrivent pas comme ça, les destins ne sont pas si droits, et le film n'était pas un biopic de la première femme à avoir mis au monde un enfant robot-humain. L'effet que ça produisait, cette femme enceinte qui déboulait à la fin, c'était qu'elle prenait le relais des personnages précédents, qu'elle était un aboutissement de tout ce qu'on avait vu, de tout ce qui s'était passé, et plutôt que cet aboutissement soit l'enfant, ce qui aurait été tentant et qu'aurait sans doute choisi n'importe quel autre scénariste, c'était sa mère, un personnage quelconque, presque une passante, la porteuse aléatoire de l'évolution de la vie, à laquelle, du fait même de son anonymat, tout le monde, tous les personnages du film, contribuaient, et dans laquelle ils se rencontraient, fusionnaient, disparaissaient, comme autant de membres d'un chœur qui trouvait enfin sa voix. C'était elle, plus que l'enfant, la créature du film, et l'impression qu'elle donnait le soir en jouant de la guitare pour nous tous qui picolions, c'était qu'elle le savait, et que c'était sa manière à elle de nous en remercier, tout en nous attendant dans un autre espace-temps, celui d'après tout ce qui se passait dans le film, comme si elle était la fin du film qui regardait le film s'agiter, boire, danser ou s'écrouler, sans participer mais en l'enveloppant, tout le film devenant lui-même son enfant.

Un stagiaire café

Je me souviens à peine du tournage, chaque jour j'avais la gueule de bois.

La productrice

Savoir intégrer les aléas d'un tournage à la fabrication d'un film est la marque des grands cinéastes. Si les deux frères n'en étaient pas capables individuellement, l'un par manque de souplesse (« On ne peut pas tourner cette scène aujourd'hui, elle se passe un mardi et on est jeudi »), l'autre par excès (« Tiens, un chien qui traverse la cuisine, gardons-le, ça donnera de la vie»), leur association les dotait d'une agilité prodigieuse face à tous les imprévus, obstacles ou même coups durs, qui, comme cela arrive souvent dans l'existence, ne demandaient qu'à se transformer en bienfaits. Même la mort d'une personne, pour peu qu'elle laisse place à une autre, peut se révéler providentielle.

Il n'y eut pas de morts sur le plateau. Les bagarres qui explosaient çà et là entre robots et humains, ou plutôt entre les acteurs qui les incarnaient, ne réclamaient pas de soins que la trousse de secours de l'hôtel ne suffise à prodiguer. Mais nombreuses furent les embûches qu'à eux deux le réalisateur et le scénariste surent transformer en jaillissements. L'exemple le plus frappant demeure la scène dite de l'aspirateur, scène qui, dans le scénario original, ne faisait pas mention du moindre appareil électroménager. Le jour du tournage, c'est l'absence de l'actrice qui jouait la mère de l'héroïne, victime à son réveil d'une fulgurante migraine, qui, par des rebonds que même la psychanalyse aurait du mal à suivre, a incité les deux frères à choisir un aspirateur afin d'occuper sa place, pour ne pas dire son rôle, dans la scène.

Une actrice

Je n'avais jamais senti cette scène, même pendant les répétitions. Dans la nuit précédant le tournage, j'ai été prise de panique et j'ai inventé cette histoire de migraine pour tenter d'y échapper, ou au moins de la repousser. Heureusement que j'avais déjà un certain âge et que mon estime de moi ne fluctuait plus selon les événements de la vie, car être remplacée avec autant de succès par un aspirateur ne constitue pas une envolée en matière de développement personnel. La même chose me serait arrivée à trente ans, j'aurais sûrement changé de carrière. Alors que, bien examiné, il ne s'agissait pas d'un problème de jeu, ni même de direction d'acteur. C'était clairement une erreur de casting.

Un acteur

J'ai complètement arrêté le cinéma après ce film, je crois que je n'ai pas été le seul. J'ai l'impression que c'était il y a un siècle. Je croyais encore à ma vocation d'acteur et si on m'avait annoncé que je deviendrais ostéopathe, c'est peu de dire que je ne l'aurais pas cru. Mais quand vous êtes fait pour une existence que vous avez longtemps ignorée, vous ne vous posez pas mille questions le jour où elle se présente. Il y a d'un côté ce qu'on veut devenir, de l'autre ce qu'on devient, et je plains presque les gens pour qui ça coïncide. Ça doit être bizarre, comme de rester un enfant toute sa vie. « J'ai toujours voulu être pâtissier et aujourd'hui je suis pâtissier… »

Évidemment, jouer un robot infirmier m'a mis sur la voie, je ne peux pas le nier. Sans que je m'en rende compte, prendre soin des humains malades dans le film a fait remonter une part de moi enfouie sous des années de construction d'une autre personnalité. Écouter les gens, les toucher, alléger leur mal, le dissoudre parfois, ne pas chercher avec eux d'autre relation que celle-là… Sur le tournage, les maux avaient beau être imaginaires, les acteurs ne se gênaient pas pour les nourrir de souffrances réelles. Bien souvent, comme le réalisateur nous conseillait chaque fin de journée de ne pas « lâcher nos rôles », ma fonction de thérapeute se poursuivait à l'hôtel… Dès les premières semaines, j'avais commencé à m'occuper de vrais troubles. Le secret professionnel m'empêche d'en parler aujourd'hui. Je ne sais pas si c'est propre aux gens du cinéma mais la clinique où je travaille me paraît plus reposante.

Le réalisateur

Ce qui est bien avec la science-fiction, c'est que personne ne sait de quoi on parle. Il y a rarement un emmerdeur pour venir vous dire que non, ça n'est pas possible, un robot ne ferait jamais ça, vu qu'à la base ça n'est pas possible, un robot. Un comme dans le film en tout cas. Pourtant, quand tout est possible, la vraie difficulté consiste à ne pas faire n'importe quoi. Nous sentions bien mon frère et moi qu'il nous arrivait de perdre les pédales, que certaines scènes commençaient à ressembler à du Bergman, voire à du Tarkovski, et que ça n'était pas le ton du film. Quand j'entendais des gens rire sur le plateau à des moments censés être tragiques, je devais me retenir de leur demander ce qu'il y avait de marrant. Vous commencez à montrer une faiblesse, une hésitation, et c'est une brèche dans laquelle toute la profession est prête à s'engouffrer, des assistants techniciens jusqu'aux acteurs secondaires en passant par les stagiaires et même les chauffeurs qui rôdaient sur le plateau en quête d'un café gratuit. L'ensemble du générique de fin est capable de se muer en ver monstrueux prêt à se retourner sur lui-même et à ouvrir sa gueule pour avaler le film tout entier jusqu'à son générique de début, son titre et même son numéro de visa, après quoi ne restera rien d'autre que le rêve brisé d'un film jamais terminé… Sur le tournage je faisais comme si les réactions des gens ne m'importaient pas, alors que dans la vie j'étais le premier à en tenir compte, de façon souvent excessive, dans chacune de mes décisions. J'avais failli ne pas épouser ma première femme parce qu'un jour, à bord d'un TGV, un contrôleur de la SNCF m'avait fait remarquer que ça ne devait pas être facile tous les jours (il parlait de la vie avec elle). Le pauvre homme venait de lui faire remarquer qu'elle n'était pas assise à la place indiquée sur son billet, et cela avait ouvert les vannes de son irascibilité. Nous n'avions pas encore d'enfants, nous étions juste un couple dans un train, et déjà c'était compliqué.

Au cours des années qui ont suivi, combien de fois me suis-je rappelé ce contrôleur en pensant que j'aurais mieux fait de l'écouter, en particulier quand mon ex-femme et moi étions prêts à nous arracher les yeux en salle de montage. Mais alors quoi ? Prendre le train seul ? Renoncer aux doux moments où s'inversait son irascibilité et rayonnait sa joie ? Renvoyer nos enfants au néant ? Et finalement ne jamais la rappeler, tellement d'années après, pour qu'elle vienne élaguer notre film de ses branches bergmaniennes, voire tarkovskiennes, en quelques coups de baguette magique devant son poste de montage ? C'était elle notre garde-fou, grâce auquel nous pouvions nous risquer, mon frère et moi, à tourner des scènes inutiles ou incongrues. Ce que nous économisions en quantité de prises d'une même scène, nous le dépensions en nombre de variations possibles, non pas selon des critères de jeu d'acteur, de lumière ou de mouvement, mais sur l'histoire et les personnages eux-mêmes. C'est-à-dire que nous réécrivions le film en le tournant, et que bien souvent à la fin d'une prise mon frère proposait : « Si on en faisait une autre où le robot lui dit non ? », ou même : « Si on en faisait une autre où elle l'embrasse au lieu de le gifler ? »

Les acteurs avaient parfois du mal à suivre, mais la plupart du temps ils se prêtaient avec bonheur à ces changements permanents, car c'était précisément ce qu'il leur était impossible de faire dans leur vie, et ce pour quoi ils étaient devenus acteurs. « Attends, je rerentre et au lieu de te gifler, je t'embrasse, ok ? » Quelques originaux s'y sont essayés mais quoi qu'on fasse, quels que soient les aménagements, les leurres ou les trucages qu'on installe dans nos existences, on en revient toujours à un seul et unique chemin, un seul, parmi des milliers possibles.

Le premier régisseur général

Le film commençait en été et se terminait en hiver, comme chacun sait, avec la naissance du premier robot-humain le 25 décembre… À mes yeux, c'était la pire idée du film, la contrepartie étant de pouvoir le classer dans les films de Noël, qui représentent à eux seuls un énorme marché. J'en avais parlé aux deux frères, de la date de naissance du bébé, de certains dialogues pas terribles, et d'autres éléments discutables de l'histoire, une scène de sexe au milieu de trois cents figurants, franchement, à quoi ça sert de faire ça ? C'était un soir où j'avais bu du calvados, trop de calvados, je m'étais lâché et ils avaient prêté l'oreille à mes propos, comme ils savaient le faire tous les deux. Vous croyez qu'ils vous écoutent innocemment alors qu'ils sont en train de prendre des notes dans leur tête en préparation du jugement dernier. Dès le lendemain, j'étais viré.

Un régisseur, c'est pas comme un chef op, ça se remplace facilement, et personne n'allait se mettre en grève pour que je revienne. Je l'avais vraiment mauvaise, je le trouvais bien leur film en plus, il avait des défauts, c'est tout, comme la plupart des gens ou des choses, c'est quoi le problème, on peut discuter quand même. Ils m'ont expliqué qu'ils avaient besoin de professionnels qui « croient au projet ». Ben voyons… Pourquoi pas en Dieu aussi. Depuis quand un réalisateur se soucie de l'avis d'un régisseur sur le scénario ? À moitié bourré, en plus. À mon avis il y avait autre chose, j'ai toujours pensé qu'il y avait autre chose. Je lorgnais la scripte, c'est vrai… Depuis le début elle m'excitait, c'était ses lunettes, je crois. Je ne pouvais pas savoir qu'elle était chasse gardée. Il aurait suffi de me le dire, pas besoin de me virer pour ça.

La productrice m'a vite appelé, je l'aimais bien, elle m'aimait bien aussi. Je lui ai expliqué que j'avais juste émis quelques critiques. Elle m'a confié que les deux frères étaient très tendus, que j'avais servi de bouc émissaire, qu'elle était désolée, qu'elle ne pouvait rien faire. Au fond, j'estime que c'est grâce à moi s'ils ont pu aller au bout de leur film. S'ils ne s'en étaient pas pris à quelqu'un, ils se seraient sûrement entre-tués… J'ai changé de pays peu de temps après, j'en avais marre de faire la gueule tout le temps, marre de ce climat de toute façon. J'ai profité d'une accalmie dans les confinements et j'ai pris le premier avion pour le

Portugal. À Lisbonne, j'ai acheté une fourgonnette d'occasion puis j'ai installé un vieux matelas à l'arrière avant de partir longer la mer. J'ai roulé plusieurs jours et là, à un moment, j'ai souri. Je ne m'étais jamais senti aussi libre de ma vie. Je me suis arrêté face au lever de soleil et j'ai pris le temps de tous les remercier, la productrice, les deux frères, le producteur de calvados, le pilote de l'avion Paris-Lisbonne, le vendeur de la fourgonnette, un peu comme à la cérémonie des Oscars, tous ces gens qui de près ou de loin avaient contribué au matin splendide que j'étais en train de vivre.

J'aurais pu être debout dans le RER, en route pour un autre tournage pourri dans une banlieue merdique. Au lieu de ça, je dormais face à la mer dans ma fourgonnette en écoutant la radio portugaise. Des gens parlaient, que je ne comprenais pas, et je me rendais compte que c'était la même chose partout, pour tout le monde, sauf que tout le monde faisait semblant. Comme si on pouvait se dire quoi que ce soit, comme s'il y avait une autre communication possible qu'avec soi-même… Soi-même, l'océan, le large, les vagues…

Le second régisseur général

C'est toujours compliqué de tourner des scènes de Noël l'été. Les acteurs doivent s'emmitoufler, tout le monde crève de chaud, il faut attendre vingt-trois heures si vous voulez qu'il fasse vraiment nuit. Mais les robots ne craignant pas le froid, leurs interprètes pouvaient rester en tee-shirt sans que ça ait l'air bizarre. En tee-shirt et sans masque. Du coup, les acteurs qui jouaient des humains avec masques et doudounes ont commencé à remettre en question la distribution des rôles. Beaucoup ont demandé à changer en plein tournage, les deux frères ont refusé, la situation s'est envenimée. Autant dire que la magie de Noël n'était pas au rendez-vous, et que celle du cinéma risquait d'en prendre un coup.

La productrice a émis l'idée d'une prime pour les acteurs interprétant des humains mais le conflit risquait de s'aggraver, avec tous les acteurs robots protestant que c'étaient ceux qui ne portaient pas de masque qui méritaient une prime. Sur le plateau comme dans le film, l'avènement du robot-humain devenait le seul espoir… Or sur le plateau, on n'y était pas du tout, à vrai dire on frôlait la catastrophe. La productrice a alors émis la nouvelle idée d'une prime pour tout le monde, à condition qu'ils ferment tous leur gueule. Quelques humains ont essayé de dire qu'ils ne voyaient pas pourquoi les robots auraient droit à une prime, de même que quelques robots à propos des humains, mais d'autres les ont vite ramenés à la raison. « Tu la veux pas la prime, ducon ? » fut l'argument vainqueur. Faute de mieux, la magie de l'argent avait eu lieu.

La monteuse

La proposition initiale de structurer le film en parties ne présentait que des désavantages : les ellipses perdaient toute leur grâce, et les titres que mon ex-beau-frère avait donnés aux différents chapitres annonçaient carrément ce qui allait se passer (je ne me souviens plus exactement mais c'était dans le style « La rencontre », « La naissance », etc.). Pour alourdir encore l'avancée naturelle du film, il avait collé une citation en dessous de chaque titre, genre Balzac, Maupassant, la première fois j'avais cru à une blague. En tant que monteuse – et mon travail est l'unique chose que je persiste à prendre au sérieux dans ma vie –, ma première mission était de faire disparaître tout ce tralala.

Techniquement, rien n'était plus simple, l'art du montage se résumant souvent à l'art de la coupe, proche en cela de la pratique du sabre. Vous voyez les films asiatiques où un unique samouraï se retrouve encerclé par une multitude d'ennemis ? Si ces ennemis étaient des rushes et le samouraï une monteuse, ce qui se passerait ensuite ressemblerait à la première phase de mon travail : les éliminer un par un et garder le meilleur pour la fin. La différence étant que le meilleur n'est pas identifié (son apparence n'est pas différente des autres, sa position dans le groupe n'indique rien de spécial), c'est-à-dire que la monteuse doit se battre un peu avec chaque rush sans le tuer pour repérer le plus valeureux et ne pas l'éliminer accidentellement. Mais au cours de ce combat, il y a le plus souvent une ou deux personnes, pour ne pas dire un ou deux frères, ou même un ex-mari et un ex-beau-frère, qui la regardent faire. Si pareil combat s'était avéré infernal lors de films passés, quand ni l'un ni l'autre n'étaient encore l'ex-l'un ou l'ex-l'autre, il s'annonçait beaucoup plus vivable cette fois puisque mon ex-mari avait pris le parti de ne filmer que deux versions de chaque scène. Pour la samouraï que j'étais, cela voulait dire que les rushes n'étaient qu'au nombre de deux et que je n'avais plus à me frotter à des dizaines et des dizaines d'incapables qui se jetaient sur moi.

Dans cette entreprise, même les deux frères qui me secondaient devenaient d'un secours précieux, chacun prenant souvent le parti d'une version, montrant ses avantages ou soulignant les inconvénients de l'autre. Je n'avais plus qu'à les écouter et à jouer mon rôle tantôt de médiatrice, tantôt de juge, sachant que la première compétence de mon métier est de savoir trancher. Dans ce champ limité des possibles, mon vrai travail de monteuse pouvait s'effectuer sereinement : la sélection des plans, l'ouverture des séquences, la forme des mouvements, leur rythme, les enchaînements… Quelques désaccords surgissaient encore, mais nous avions passé jadis tellement de temps à nous taper dessus que nous étions comme de vieux boxeurs rivaux qui ont failli s'entre-tuer et qui se retrouvent sur un ring des années plus tard, pour un petit combat amical avant un bon dîner.

Le bruiteur

La bagarre finale entre les deux rivaux était vraiment bizarre. L'idée de base était que des robots n'avaient aucune raison de se taper dessus. Si vraiment ils voulaient se mesurer l'un à l'autre, ça devait avoir lieu de l'intérieur. Ils n'avaient même pas besoin de contact physique, simplement de se relier.

La scène se passait la nuit, le héros était assis dans un canapé, les yeux fermés à côté de l'héroïne, qui dormait la tête sur ses genoux. Elle s'était endormie pendant qu'ils regardaient la télé et il n'avait pas voulu la réveiller – je me souviens que pour sa respiration j'étais allé enregistrer celle de ma fille de trois ans au milieu de la nuit, quand elle dormait si profondément que toute sa chambre semblait respirer, ses doudous, ses jouets, ses livres… Soudain les yeux du robot s'ouvraient puis on voyait le méchant assis dans sa cuisine, concentré, le regard froid et vide. On passait de l'un à l'autre, puis on se retrouvait au Centre robotique où des alarmes sonnaient de partout et où des scientifiques regardaient des codes défiler à toute vitesse sur des écrans. Si on n'avait pas encore compris, un technicien expliquait à un autre que deux robots s'étaient engagés dans une lutte informatique sans merci et que tous les programmes de l'un tentaient de détruire tous les programmes de l'autre. La scène se poursuivait, commentée ponctuellement par les techniciens. De temps en temps un éclat dans les yeux d'un robot, un bras qui se tendait et se relâchait, laissaient penser qu'un des deux était en train de flancher. De façon ultra-classique, le méchant commençait par l'emporter. Au Centre, les *bip-bip* s'emballaient. J'avais utilisé le vieux micro-ondes de mes parents qui faisait des bruits pas possibles et que ma mère conservait dans sa cave, ne le supportant plus mais incapable de le jeter, à l'image de sa relation avec mon père. Puis à la dernière seconde un programme inopiné du héros parvenait à reprendre le dessus et le méchant s'effondrait seul dans sa cuisine. Pendant tout le combat, l'héroïne ne s'était même pas réveillée, la respiration de ma fille reprenait de plus belle, le robot victorieux passait une main dans ses cheveux et pour la première fois du film, il regardait la caméra. Au début, on était seulement surpris, mais le plan durait, commençait à devenir inquiétant, durait encore, on se mettait à redouter le pire et on avait bien raison, comme dans toutes ces histoires où après s'être battu de toutes ses forces, le vainqueur esquisse un dernier sourire et s'effondre à son tour.

Le réalisateur

Le pire qui puisse arriver en salle de montage, ce sont les scènes manquantes. Tout le reste, c'est du travail. S'il peut s'avérer difficile, il demeure possible. Tandis qu'une scène qui manque, vous ne pouvez pas la travailler. Elle n'est pas là, c'est tout. Le tournage est terminé, l'équipe est partie, les décors sont pliés, les acteurs sont rentrés chez eux, la scène n'existera jamais. Quoi qu'il arrive désormais, le film devra s'en passer. Le même genre de chose peut se produire à la mort d'une personne. La difficulté ne tient pas aux moments partagés, bons ou mauvais. Ceux-là on les a, on les garde, ils sont dans la boîte, comme on disait avant. On peut les monter, les démonter, les remonter à loisir. Le drame ce sont les moments qui n'ont pas existé. Qui n'existeront pas. Tant qu'une personne vit, même si on ne la voit jamais, même si on la hait, tout reste possible en permanence. Le jour où sa vie s'arrête, le champ des possibles s'évanouit d'un coup, laissant place au seul réel, à l'ensemble clos de nos moments avec elle. Nos rushes… Et dans certains cas, ils ne suffisent pas à faire un film. On s'accroche à ces bribes, on se demande pourquoi on n'en a pas plus. Des scènes anodines, un trajet en voiture, un petit déjeuner silencieux, un brossage de dents en hiver, constituent notre pauvre trésor.

Il n'y a pas de film. Rien que le deuil d'un film qui n'a jamais existé.

L'assistante monteuse

Il y a un passage dans le film où aucun des personnages principaux n'est présent. On voit des gens dans un square, si on fait attention on reconnaît vaguement des acteurs secondaires d'autres scènes. Des enfants jouent près d'un toboggan, il y a un marchand de glaces, deux mères qui discutent, un type qui lit un livre sur un banc. On s'attend à ce que l'un des protagonistes débarque mais non, ça continue comme ça deux à trois minutes, une scène indépendante qui ne sert à rien, on pourrait l'enlever sans autre effet que son absence, et pourtant elle est là. C'est la monteuse qui a choisi de la garder, en accord avec son ex-mari et son ex-beau-frère. Le scénariste et le réalisateur ont visionné la scène que l'un ne se rappelait pas avoir écrite et l'autre avoir tournée. Eux-mêmes attendaient de voir ce qui allait s'y passer et eux-mêmes ne voyaient rien se produire. La scène semblait être apparue dans la salle de montage, telle une fleur sauvage dans un jardin. La monteuse a interrogé les deux frères du regard, tous deux avaient une expression perplexe, ils lui ont retourné son interrogation. La monteuse s'est tournée vers moi. J'ai souri, elle a dit « C'est bon » et eux ont dit ok. C'est un des rares choix qu'ils n'ont jamais remis en question. La scène avait trouvé son film, la fleur son jardin.

L'arrangeur-compositeur

L'idée d'aller puiser dans le répertoire de Joe Dassin pour la musique du film était venue d'un troisième frère, un aîné qui n'aimait pas se mettre en avant et préférait rester dans l'ombre, comme il y en a souvent dans les fratries d'artistes. L'idée était de lui, à ceci près qu'il l'avait semée dans l'esprit de son frère scénariste plus de trente ans auparavant, au temps de leur adolescence, et qu'elle avait attendu plus de trente ans pour y porter son fruit.

Un jour qu'ils avaient regardé *Blade Runner* pour la dixième fois, le frère de l'ombre avait affirmé que la seule erreur du film était sa musique futuriste, parce qu'elle commençait déjà à devenir ringarde et qu'elle allait le devenir de plus en plus. L'autre avait tout de suite protesté et affirmé le contraire, il fallait bien discuter, puis face à l'obstination de son frère, il lui avait demandé ce qu'il aurait choisi à la place. C'est là que le troisième frère avait répondu qu'il aurait fallu une musique du passé, et non du futur. « De la musique classique, tu veux dire ? avait demandé le jeune et pas encore scénariste. Comme dans *2001* ? » « Non, avait répondu l'autre, une musique qui serait déjà ringarde, qui ne pourrait pas le devenir plus… C'est ce qu'ils ont réussi à l'image, tout est ringard dans *Blade Runner*, et donc rien ne peut le devenir. Ils auraient dû chercher l'équivalent musical, plutôt que de se laisser séduire par une musique avant-gardiste. » Le scénariste avait gardé cette conversation dans un coin de son esprit, d'où il l'avait laissée remonter trente ans plus tard, tandis qu'il parlait de la musique du film avec son autre frère, le réalisateur. « Ça me rappelle une très vieille conversation avec G. au sujet de *Blade Runner* », lui avait-il dit. L'autre avait redoublé d'attention comme chaque fois que l'un ou l'autre évoquait leur frère G.

Ensuite, ils avaient cherché sans trouver. Ça avait duré des semaines et des semaines. Des écoutes proches de la torture. En dernier ressort, ils avaient même appelé G. pour lui demander s'il accepterait de travailler avec eux sur le film. Ce dernier n'avait aucun souvenir de la conversation sur *Blade Runner* mais il était d'accord pour collaborer. Comme il s'inquiétait de sortir de l'ombre, ses deux frères l'avaient rassuré, son nom ne serait même pas mentionné. Ensemble, ils avaient continué de chercher sans trouver. Et un beau jour, alors que G. se faisait couper les cheveux dans un salon de coiffure clandestin, à la radio, soudain, *L'Amérique*.

La productrice

Le budget pour les droits des chansons de Joe Dassin n'avait jamais été prévu. Même mon mari avait dit non. Selon lui, le répertoire classique abondait suffisamment en musiques à la fois ringardes et libres de droits.

J'avais beau vanter aux deux frères les mérites de Ravel et de Debussy, ils ne voulaient pas en démordre. Au bout du compte, tous deux ont proposé que la somme nécessaire soit déduite de leur part, c'est-à-dire qu'après soustraction ils faisaient le film pour des clous. Beaucoup de gens s'en seraient inquiétés mais je ne crois pas que c'était leur cas. Au cours de leur existence, l'un comme l'autre avaient dû être capables de survivre longtemps avec des clous. Ils portaient tout le temps les mêmes habits, ils empruntaient leurs livres à la bibliothèque, ils ne s'achetaient rien, ils mangeaient peu. La plus grosse dépense du réalisateur restait la modeste pension qu'il continuait de verser à son ex-femme. Celle du scénariste devait être l'alcool mais il était aussi capable de ne pas boire du tout. Il devenait d'un ennui sidérant mais c'était possible.

Le scénariste

La chance que nous avons eue, c'est que les ayants droit de Joe Dassin soient eux aussi deux frères, à savoir ses deux fils. On s'est vus à quatre dans un restaurant chic près de la tour Eiffel, le contact est tout de suite passé. Ils voulaient qu'on leur raconte le film, je ne savais toujours pas comment m'y prendre, c'est mon frère qui s'en est chargé. Arrivé vers la fin, lui et les deux fils de Joe Dassin étaient debout, tous les trois tellement excités qu'ils parlaient beaucoup trop fort pour l'endroit. Aux autres tables, les gens nous regardaient, je ne savais plus où me mettre, j'ai fini par me lever aussi, par gêne d'être le seul assis. Le garçon est arrivé pour voir ce qui se passait. Les frères Dassin ont commandé de la vodka, j'ai pris un whisky, mon frère a demandé si ça existait encore le Canada Dry. Le garçon a fait signe au chasseur qui est parti au quart de tour. On s'est assis tous les quatre puis on est restés en silence jusqu'à l'arrivée des boissons. Après quoi, on a levé nos verres et on a dit : « À Joe. »

Un acteur

Oui, la dernière image du film, c'est moi. Le bébé qu'on voit sourire en gros plan avant que l'écran passe au blanc, qu'on entende les premières notes de *Et si tu n'existais pas* et que le générique commence à défiler. J'avais juste un mois. Je n'ai jamais su si mon sourire était spontané, un heureux hasard dont les deux frères avaient su profiter, ou s'ils l'avaient déclenché j'ignore comment. Peut-être en faisant appel au dresseur animalier ?… Mes parents étaient présents aussi, enfin c'est ce qu'ils m'ont toujours dit, et j'ai une photo du tournage qui l'atteste. Le photographe de plateau la leur avait envoyée dans une enveloppe à mon nom après la fin du film. Je la garde toujours à l'intérieur.

Sur la photo, on me voit dans les bras de mon père, un peu à l'écart de ma mère qui est en train de parler avec les deux frères. À plusieurs reprises, j'ai eu envie de leur écrire, au réalisateur comme au scénariste, pour leur donner des nouvelles, leur raconter ma vie depuis le tournage. Il m'arrive encore d'essayer mais chaque fois je laisse tomber. C'est difficile d'écrire à des gens qu'on ne connaît pas… Je me contente de regarder la photo, mes parents jeunes, mon père qui a l'air de rêver en me tenant dans ses bras, et ma mère qui sourit en parlant avec les deux frères.

Le créateur de bande-annonce

Après des siècles et des siècles de discussion, le distributeur, la productrice, les deux frères et la scripte ont choisi de montrer simplement la première minute du film, ce qui allait contre tous les principes d'une bande-annonce efficace. C'est le réalisateur qui a réussi à convaincre les autres, en soulignant que les spectateurs qui arriveraient en retard au cinéma seraient moins frustrés s'ils avaient déjà vu le début… Je les ai regardés, les mots « bande de débiles » se sont superposés à leurs visages dans mon esprit, j'ai agrippé les accoudoirs de mon fauteuil, et je l'ai senti reculer droit vers la porte comme dans un travelling compensé par un zoom. Si ma tâche se limitait à couper la première minute du film, mon emploi devenait complètement fictif… Je les ai vus prendre l'air désolé de qui va devoir virer quelqu'un. Je n'ai pas attendu qu'ils parlent, je me suis levé et je suis parti en claquant la porte.

Le réalisateur

A priori, la scripte n'avait rien à faire là, c'est mon frère qui avait insisté pour qu'elle participe à la postproduction. Il lui demandait de noter les nombreux changements du film afin de les consigner dans un scénario total, destiné seulement à lui-même. L'autre raison, encore inconsciente, pour laquelle mon frère souhaitait la présence de la scripte à ses côtés était de pouvoir la demander en mariage dès la fin du film… Il y a des gens qui couchent le premier soir, mon frère épouse la première semaine. Heureusement, la plupart des femmes disent non. Gros malade. Mais une minuscule catégorie est prête à dire oui, et la scripte en faisait partie. Parfois, vous foncez et ça marche. D'autres fois non. Un mariage n'est qu'un pari. Un divorce, un pari perdu.

On entend souvent parler des couples d'acteurs qui se rencontrent sur un tournage, on est beaucoup moins au courant de tout ce qui se passe de l'autre côté de la caméra, chez les assistants, les machinistes, les électriciens, les preneurs de son, les décorateurs, les accessoiristes, les costumiers, les maquilleurs, les stagiaires, sans parler des réalisateurs, des scénaristes et des scriptes. Combien de couples éphémères ou durables se sont formés autour de scènes imaginaires, dans l'ombre des décors, la mollesse des heures creuses, les attentes à répétition, comment tu t'appelles ? t'as pas une cigarette ? on reprend un café ? c'est quelle marque, tes chaussures ?… Rencontres hasardeuses dont certaines prennent la couleur du destin, ou même du film qui les rend possibles. « Nous nous sommes rencontrés sur le tournage de *Gandhi*, d'ailleurs on ne s'est jamais battus. » Avec le recul, je dirais que mon actuelle belle-sœur était encore plus dérangée que mon frère. Qu'à force de porter son scénario, elle l'avait déjà demandé en mariage, dans le secret de son cœur, bien avant que lui-même n'y songe.

La scripte

Pour moi, l'idée originale du film était que ce ne sont pas les robots qui évoluent mais les humains qui changent à leur contact. On a imaginé des milliers de fois des robots qui deviendraient mauvais, pourquoi pas des humains qui deviendraient bons ? Quand je dis bons, je veux dire sensibles au sort de leur prochain. Sensibles au point de ne pouvoir se croire heureux tant que l'un d'entre eux, ne serait-ce qu'un seul, souffre… C'est en cela que le scénario relève de la science-fiction, beaucoup plus qu'à cause des robots. On pourrait même dire qu'il tire vers le fantastique ou le merveilleux, dans la mesure où il est improbable que cette science-fiction-là se réalise un jour. Même *La Guerre des étoiles* a plus de chances d'avoir lieu.

Le directeur du Festival de Cannes

Évidemment qu'on le voulait dans la sélection, c'est la productrice qui ne voulait pas. Au moment où nous avons repéré le film, la postproduction venait de se terminer et les deux frères étaient tellement à plat qu'elle seule prenait les décisions. On lui en a pourtant envoyé, des paniers garnis.

La productrice

Ce n'est pas que je ne voulais pas que le film aille à Cannes, c'est que je ne voulais plus y aller, moi. Une promesse que je m'étais faite dix ans plus tôt, en montant les marches avec tous les moutons. Je savais que les deux frères n'iraient pas davantage, ils n'étaient pas en état. Quant à la star, il ne quittait plus sa robotte des yeux depuis qu'elle était enceinte.

La dernière fois que j'étais passée le voir, il voulait laisser tomber le cinéma pour se lancer dans l'écriture. Il parlait d'une nouvelle vocation mais je crois qu'il cherchait surtout un boulot qui lui permette de rester à la maison. « Après tout, j'ai plein de trucs à raconter moi aussi », m'avait-il affirmé, et je m'étais dit que, s'il écrivait un jour cette scène où il me disait ces mots, il faudrait qu'il utilise l'expression « regard navré » pour décrire celui que je lui avais lancé. On était sur le pas de sa porte, la robotte dormait, il préférait ne pas me faire entrer et je n'en avais aucune envie. La réalité des acteurs en dehors des tournages est tellement déprimante. On dirait qu'ils vivotent dans un port en attendant d'être engagés sur un bateau. Entre deux voyages, c'est l'odeur du mazout, les mouettes mutilées, les *gling gling* des pièces métalliques, et au mieux une baraque à frites. Je me trouvais très bien sur le palier. J'ai mis fin à mon regard navré et je lui ai souhaité bonne chance.

Le film n'est pas allé à Cannes parce qu'il aurait fallu qu'il y aille sans personne, et que je ne voulais pas lui faire ça, c'était mon enfant à moi aussi. On n'envoie pas un bébé seul à un concours de bébés. Au lieu de ça, nous avons gardé tous les fichiers dans le coffre-fort de la société jusqu'à une projection de presse dans le Val-de-

Marne, au cinéma-théâtre de Villejuif. Des journalistes arrivaient d'un peu partout, on a enchaîné cinq séances dans la journée, j'ai assisté à toutes, je suis restée auprès de mon enfant, ça m'a rappelé mes premières années avec mon fils, et aussi ma propre enfance, au temps du cinéma permanent.

Une boulangère de Villejuif

J'ai vendu tous mes sandwichs en trente minutes, c'était fou. J'ai dû envoyer mon vendeur racheter de la garniture (du beurre, des cornichons, du pâté, du saucisson, du jambon, du fromage…), pour qu'on en refasse à toute blinde, mais au bout d'un moment on n'a même plus eu de pain, mon mari n'arrivait pas à suivre, alors il a pris la camionnette et il est allé en acheter à Carrefour… Il a mis les baguettes industrielles à réchauffer dans notre four à pain et c'était pas si mal. Personne n'a réclamé en tout cas. Même si le lendemain, il n'y avait plus personne.

La star

Le thème de mon livre, je l'avais, je voulais écrire sur le « Coucou je suis là », montrer que tout dans l'existence se rapportait à ce premier jeu, à une alternance de présence et d'absence, y compris avec soi-même. Nous passons notre vie à y jouer sous des formes de plus en plus complexes et sophistiquées, ou au contraire très basiques (je pars au travail, je rentre du travail, je repars au travail, je rerentre du travail). Quand la productrice est venue me proposer d'accompagner le film à Cannes, je savais bien que je risquais le prix d'interprétation masculine et je n'en voulais pas… Les prix, c'est l'opposé du « Coucou », quand on ne peut plus se cacher, qu'on reste visible en permanence. À partir d'un certain niveau, tout revient à savoir disparaître… Pour ma part, je trouvais ça formidable que le film échappe au festival, aux récompenses, j'étais sûr que dans la durée ça l'emmènerait plus loin. À mes yeux, une Palme ou toute autre distinction, c'était comme des étiquettes, un label qu'on vous collait dessus. Sous prétexte de vous honorer, on vous transformait en poulet. Un poulet chic, peut-être, un poulet prestigieux, mais quand même un poulet. Ce film n'était pas fait pour devenir un poulet et je crois que dans le fond la productrice le savait. Sans cela, en dépit de tout ce qu'elle raconte, bien sûr qu'elle serait allée à Cannes.

Une maquilleuse

La tournée du film m'a laissé cent fois plus de souvenirs que le tournage. Toutes les avant-premières à travers la France… C'était la première fois que des spectateurs avaient affaire à une maquilleuse et à un machiniste. Les deux frères refusaient catégoriquement ce genre d'événements. Les actrices et les acteurs n'acceptaient que les présentations qui avaient lieu près de chez eux ou dans des grandes villes. La productrice ne s'occupait plus que de son mari. C'est elle qui avait proposé au reste de l'équipe d'accompagner le film lors de ces rencontres. Presque tout le monde avait décliné, le plus souvent par crainte de la réaction du public. La perspective de se retrouver coincé dans un village de France face à une salle de locaux mécontents pouvait faire froid dans le dos. Le film avait beau être le film, personne n'avait envie de mourir pour lui.

Seule une poignée d'entre nous avait répondu à l'appel, et après une préparation bidon avec le scénariste (« Dites-leur que c'est avant tout un film sur la vie »), nous avions été envoyés deux par deux sur les routes de France. La distribution avait imposé que nous ne soyons jamais seuls, j'ignore si c'était pour nous soutenir ou nous surveiller mutuellement. Je faisais donc équipe avec un machiniste qui a commencé à me draguer dès le premier jour. À chaque séance il remettait ça, et plus je refusais ses avances, plus les rencontres gagnaient en intensité. Partout où on s'arrêtait, j'avais l'impression que les spectateurs venaient voir si j'allais enfin céder, si nous allions enfin nous embrasser… Certains se sentaient quand même obligés de me poser des questions sur le maquillage. Je leur parlais de l'efficacité du fond de teint en phase continue aqueuse, ou des dérivés végétaux multifonctionnels au service de l'innovation. En général, les questions cessaient. L'essence du maquillage, c'est le secret.

Un beau soir, on était au bout du Finistère, il y avait là un phare dont j'ai oublié le nom, et la salle de cinéma portait le même nom que le phare, ce qui déjà, dans un sens, promettait. Un cinéma pour guider les terriens, pareil à un phare les marins. Les soutenir dans les tempêtes, les empêcher de s'échouer, leur donner un cap… Le responsable du cinéma ressemblait lui-même à un gardien de phare, il ne portait pas de barbe mais on voyait la mer dans ses yeux. Juste avant le début de la séance, il nous avait regardés, le machiniste et moi, et dès que les lumières s'étaient éteintes, on s'était échappés de la salle pour filer tous les deux sur la plage… Le gardien de phare avait dû se débrouiller pour animer la rencontre sans nous.

Un spectateur

Je ne vais jamais voir les gros succès, surtout pas les français, c'est un principe que j'ai. Dès qu'un film fait un tabac, j'estime qu'il n'est pas pour moi… Pour ne pas courir de risque, j'évite de voir les nouveautés le jour de leur sortie. En règle générale, le sort d'un film est scellé dès la fin de sa première journée d'exploitation, j'attends donc un peu, sauf pour ceux qui n'ont aucune chance d'atteindre le box-office. Malgré la présence d'une star au générique, le nouveau film des deux frères entrait dans cette catégorie. Il suffisait d'observer les scores de leurs précédentes collaborations, même avant la pandémie.

Je ne me faisais donc aucun souci en allant voir le film dès sa sortie, un mercredi à quatorze heures place de l'Odéon. Nous étions quand même une dizaine dans la salle, tous solitaires. Le film a commencé, et au fil de la séance une chose étonnante s'est passée, les gens se sont mis à se déplacer, à changer de siège, et carrément de rangée. De mon côté je n'ai pas bougé mais petit à petit j'ai senti que tout le monde se rapprochait. C'est seulement pendant le générique de fin que j'ai regardé autour de moi et découvert que nous étions tous rassemblés au milieu de la salle. Il y avait trois personnes derrière moi, deux à ma gauche, deux à ma droite, trois en dessous. Le générique s'est terminé, les lumières se sont allumées et personne ne s'est levé. Tout le monde voulait rester là… Hélas un employé est venu nous rappeler que nous devions sortir avant la séance suivante. Nous nous sommes levés et pour la première fois de ma très vaste expérience de spectateur, nous nous sommes tous serré la main avant de quitter la salle.

Un critique

Certains incendies demeurent à jamais inexplicables, certains succès aussi. On peut chercher des facteurs, des signaux, mais de là à expliquer comment la mayonnaise a pris… À mes yeux (qui en ont vu, des films), derrière une pseudo-œuvre de science-fiction se cachait en réalité un objet entièrement sexuel qui, sous couvert d'actualité (les épidémies) mêlée d'utopie (les robots), ne parlait que de *ça*. Même si le film contenait aussi peu de sexe qu'il en était inversement chargé, et pour une fois, je dois dire, le cinéma ressemblait à la vie. À la mienne en tout cas… C'était ce mélange d'excitation et de frustration qui restait en vous longtemps après la séance, comme si, sans vous en rendre compte, en sortant de la salle, vous veniez de faire l'amour. Non pas par procuration, à travers les personnages ou les acteurs, mais avec le film lui-même… Pas étonnant, alors, que tout le monde ait couru le voir.

Le distributeur

Sur le papier, c'était perdu d'avance. Mais la réalité se contrefout du papier. Résultat, on s'est retrouvés avec le carton du siècle à un moment où toute la profession se préparait à enterrer les salles de cinéma…

Le seul conseil que je peux donner aux jeunes distributeurs, c'est de tout faire pour échouer.

Une spectatrice

Plusieurs copines m'avaient raconté qu'elles avaient eu un orgasme pendant le film. Je ne savais pas ce que ça faisait, j'ai eu envie de tenter ma chance. J'y suis allée un après-midi, j'ai attendu, j'ai patienté, rien ne s'est passé. En sortant de la salle, je me sentais tellement nulle, même au cinéma je n'y arrivais pas… Ce n'est qu'après, seule au milieu de la nuit, que ça m'a pris, mais alors violemment… Ça m'a rappelé *L'Exorciste*, en plus agréable.

Un historien du cinéma

La volonté de s'inscrire dans une lignée, de poursuivre avec leur film la longue exploration cinématographique de la cohabitation des humains avec des êtres créés par eux-mêmes (autres que des enfants), qu'il s'agisse de monstres, de machines, de robots, d'androïdes ou de tant d'autres, cette volonté était chère à l'un des deux frères tandis que l'autre s'en moquait éperdument.

Le réalisateur croyait que les films s'ajoutaient les uns aux autres, qu'ils étaient liés comme nous l'étions à nos ancêtres et à nos descendants. Le scénariste pensait qu'il n'existait que des œuvres uniques, isolées, ainsi que nous l'étions nous-mêmes… L'un affirmait qu'il leur fallait voir ou revoir tous les films traitant du sujet avant de s'embarquer dans le leur, l'autre qu'ils devaient au contraire oublier ou se débarrasser de tout ce qu'ils avaient pu voir et revoir sur le sujet. Par conséquent, ils avaient choisi de faire les deux, voir et oublier, ce qui donnait au film son côté bancal, à la fois profond et déséquilibré, si déstabilisant chaque fois qu'on le voyait.

Un exploitant de salle

Après quelques semaines, les chiffres obtenus à partir des cartes d'abonnement montraient que le film était non seulement le plus vu mais, chose extraordinaire, le plus revu dans tout le pays, et même le plus rerevu. Plus de soixante-dix pour cent des spectateurs y étaient allés deux fois, ce qui pour le coup était du jamais-vu. Soit il y avait quelque chose qu'ils n'avaient pas compris, soit ils avaient vécu quelque chose qu'ils voulaient revivre, ce que le cinéma reste une des rares inventions à offrir.

Une autre hypothèse était qu'ils prêtaient leur carte à des proches pour leur permettre d'y aller à leur tour, ce qui est entièrement illégal et passible de résiliation. Mais tout le monde savait qu'après la torpeur des confinements, les joies de la réouverture ramollissaient les contrôles à l'entrée des salles. Face à un employé attendri, une grand-mère pouvait facilement passer avec la carte de sa petite-fille. « Vous étiez jeune sur cette photo, dites donc… » « Oh oui, je fais partie des toutes premières adhérentes ! »

Un projectionniste

Au moment de me licencier, la gérante m'a promis de ne rien dire à condition que je ne remette plus les pieds dans son cinéma. C'était la première fois que je me masturbais au boulot, je le jure… J'ai craqué au moment où la robotte se dandine dans un bar sur la chanson *Il était une fois nous deux* que le robot principal vient de choisir au juke-box. Je ne sais pas lequel des deux frères n'avait pas digéré les comédies sentimentales américaines mais plusieurs scènes leur faisaient clairement écho. Quand je pense que le robot jetait à peine un œil à la robotte. Dans le film, bien sûr. Dans la vie, on sait ce qui s'est passé… Moi j'aurais fait n'importe quoi pour entrer dans l'image à ce moment-là, traverser le bar, inviter la robotte à danser, la sentir contre moi, et comme c'était impossible, j'ai fait ce qui s'en approchait le plus. Je n'ai même pas eu de remords. Et puis j'ai trouvé un autre poste en moins de deux. Projeter, c'est mon métier.

Une spectatrice

Le cinéma de mon village avait fermé définitivement, peu après la piscine et juste avant le bureau de poste. Pour voir un film, il fallait faire vingt kilomètres jusqu'au multiplexe du coin, ou bien rester chez soi devant son écran plus ou moins grand. La plupart des gens restaient chez eux, moi y compris, à guetter l'arrivée des films sur ma télé de taille moyenne.

Je ne vais pas vous dire que le film a rouvert le cinéma du village, ce serait trop beau, mais il a certainement donné une âme au multiplexe, qui malgré sa modernité et ses normes de sécurité demeurait pour nous tous un hangar. Les spectateurs arrivaient des villages alentour pour voir le film, retourner le voir, en voir d'autres, passer de salle en salle, pareils à des ados qui resquillent. Des espaces inertes prenaient vie, les distributeurs de boissons, le stand de friandises, la machine à pop-corn rétro, le hall immense avec les affiches, toute cette scénographie de centre commercial s'animait d'un coup, tel Frankenstein ou Pinocchio. C'était comme si vous alliez à Disneyland et que soudain Mickey devenait Mickey, le château un château, les pirates des pirates. Le film insufflait la vie à l'exploitation, transformait pour un temps le faux en vrai. Même le parking devenait un lieu de rencontre où s'attardaient les spectateurs incapables d'attendre d'être rentrés chez eux pour partager leur émoi. C'était inespéré… Magique.

En ce qui concerne le bureau de poste, hélas, le film n'a rien pu faire. Il aurait fallu trouver autre chose pour empêcher sa fermeture.

Le directeur de postproduction

Pour un film futuriste, il y avait étonnamment peu d'effets spéciaux, à part la scène du début avec le robot qui vieillissait jusqu'à la mort en soixante secondes… Le reste, c'était quasiment du fait main, d'où les nombreuses imperfections du film, qui auraient pu, ou même dû, le plomber, et qui par chance s'étaient mises à le porter, soit qu'elles passent pour des partis pris artistiques, soit qu'elles donnent à cette histoire abracadabrante un air de réalisme étrange.

En salle de montage, quand ils avaient fait face à toutes ces irrégularités, la monteuse et les deux frères avaient commencé par essayer de les masquer, puis les avaient au contraire assumées, et privilégiées. On avait l'impression d'assister à un bout à bout des séquences retenues, le film assemblé sans être travaillé, raccords qui ne collaient pas, cadres en avance ou en retard, mouvements décalés, contradictions sonores ou visuelles. Petit à petit c'était devenu la marque du film, comme s'il avait fallu aller vite, que peu de temps restait pour raconter cette histoire, surtout pas celui de beaux enchaînements bien léchés. Et la magie du cinéma avait opéré autant dans la salle qu'à l'écran : les spectateurs s'étaient chargés du travail qui manquait.

À une autre période ça n'aurait sans doute pas marché, mais là, dans les affres de la pandémie, ça paraissait normal de se retrouver devant un film anormal, inabouti, où il restait des choses à faire – et le cinéma alors, comment il va ? il en est où ? – plutôt que face à une énième production lisse et bien agencée comme si rien ne s'était passé, comme si les salles n'étaient pas restées vides et fermées, comme si les gens autour de nous ne s'étaient pas tous isolés, chacun chez soi ou tous derrière un masque. Le film ne se contentait pas de montrer la pandémie, il semblait l'endurer. Qu'il s'offre au public dans un état quasi brut, qu'on doive presque se retrousser les manches et lui donner un coup de main pour qu'il arrive jusqu'à nous, cela avait créé avec une grande part des spectateurs un lien unique, un réconfort de voir qu'ils y arrivaient toujours, que le cinéma se relevait avec eux, que lui aussi avait tout traversé, au lieu de leur mentir en faisant comme s'il n'avait rien senti. C'était bien sûr imprévisible, sans quoi toutes les maisons de production se seraient empressées de démonter leurs films, ce qui n'a pas manqué par la suite, une vague de films hirsutes que plus personne n'avait envie de voir et qui sont aussitôt tombés dans l'oubli.

Un chef de rédaction

On était partis sur un dossier spécial, mais vu le nombre d'incohérences dans le film, quelqu'un a suggéré de leur dédier un site web. Tout le monde a rigolé, et au milieu des rires on a pris conscience que c'était une bonne idée. « Pas con », a dit quelqu'un d'autre, et c'était parti.

Dans la journée, les concepteurs ont mis le site au point, il y avait un moteur de recherche croisé, par type de bourdes (enchaînement, dialogue, décor, costume, accessoire) mais aussi par personnage, scène, partie du film. Le site a vite fait le buzz, c'est comme ça qu'on parlait à l'époque, tout le monde s'est mis à l'alimenter. Pour tout dire, je pense qu'il a fait partie des nombreux facteurs de réussite du film, de la réouverture des cinémas à la mort de Quentin Tarantino en passant par l'histoire d'amour entre le robot et la robotte, la musique de Joe Dassin et la projection dans la cathédrale de Chartres… À un moment, par un biais ou un autre, on entendait parler du film partout, de quoi rendre dingues toutes les agences de communication, incapables d'atteindre un tel résultat, de façon volontaire tout du moins. Sans compter que la maison de production ne disposait que d'un attaché de presse débutant qui manquait de préparation face à un tel succès. Son boulot s'était rapidement transformé de passer des coups de fil à en recevoir, de solliciter des déjeuners à accepter des dîners, de séduire des journalistes à repousser leurs avances. Le gars avait pris la grosse tête, un peu comme ces footballeurs qui rencontrent la gloire trop jeunes. Il se présentait comme le meilleur attaché de presse du monde et sa morgue elle-même est devenue un des facteurs de réussite du film. Il se montrait si cinglant dans ses déclarations que la moindre d'entre elles devenait virale, comme on disait à l'époque. Je me souviens d'une des premières, on l'avait mise en bandeau d'accueil pour le site. « Il y a eu des films. Aujourd'hui, il y a le film. »

Un acteur

Si on m'avait dit qu'une minute à l'écran suffirait à me faire entrer dans la légende et que des cortèges de spectateurs iraient me voir et me revoir mourir… J'espère qu'à ma vraie mort j'aurai autant de succès.

Une critique

Il y a des films qu'on aime pour un détail, une idée sur laquelle les auteurs sont vite passés, un élément apparu comme ça, ou seulement utile à autre chose dans l'histoire. Parfois, on se dit que cette idée-là aurait mérité un film à elle seule. La disparition d'Internet, tout juste évoquée dans le film afin de renforcer le besoin des robots, en fait pour moi partie. Voilà qui aurait suffi à imaginer tout un film. Le monde sans Internet du jour au lendemain. Le chaos, les catastrophes, et puis la lente réadaptation, la redécouverte de la vraie vie… Les robots, je ne m'en souciais pas trop, tandis que là il y avait vraiment une idée, une idée toute simple, le monde si Internet plantait, et toutes les conséquences de cette soudaine absence. Comme dans un livre de José Saramago. En moins noir, si possible. Paix à sa grande âme.

Un journaliste

Je leur ai seulement demandé ce qu'ils voulaient dire, s'ils étaient inquiets de la place prépondérante que prenaient les IA dans nos vies. Le scénariste a baissé les yeux, le réalisateur s'est gratté le front, il y a eu un silence, et ils ont explosé de rire. Je ne savais pas quoi faire, on était dans un café, j'ai regardé un frère puis l'autre, normalement je programme toutes mes interviews dans des bars d'hôtel mais tous les hôtels étaient fermés. Depuis que le gouvernement avait mis en place une rotation du confinement, il fallait suivre chaque mois, parfois chaque semaine, ce qui avait le droit d'ouvrir ou non. Ce mois-là, c'était les hôtels, allez savoir pourquoi. On venait de sortir du mois des rédactions de presse, j'en avais profité pour passer quinze jours avec ma nouvelle copine à Arcachon, j'étais en pleine forme, c'était ma première interview un peu consistante depuis une longue période et, dès ma première question, ces deux guignols qui piquent un fou rire dans un café bondé. À d'autres tables, les gens ont commencé à se marrer aussi, sans même savoir pourquoi, puis le rire a gagné toute la salle et même le patron derrière son comptoir. Il n'y avait que les serveuses qui continuaient de tirer la gueule, et moi qui les imitais. Je ne voyais pas ce que ma question avait de drôle, je leur en ai fait part dès qu'ils se sont calmés et là ils m'ont rassuré en me disant qu'eux non plus, vraiment, ils ne savaient pas ce qu'elle avait de drôle, mais le réalisateur a mis sa main devant sa bouche, une femme à la table d'à côté a pouffé, un gros type a caché son visage dans sa serviette, c'était comme si tout le café retenait sa respiration pour ne pas s'esclaffer.

J'ai regardé autour de moi avec méfiance puis j'ai posé une autre question. Je leur ai demandé si les robots représentaient toutes les minorités de notre société actuelle et si le film était une allégorie de l'ostracisme qu'elles pouvaient subir, et là toute la salle est repartie d'un grand éclat de rire. Même les serveuses ont gloussé cette fois. Je me suis levé, j'ai remis mon chapeau – un cadeau de ma nouvelle copine qui trouvait ça « chic », et au stade où nous étions de notre histoire, j'aurais porté un tutu pour lui plaire – puis sans les saluer je suis allé payer mon thé au comptoir. Le patron arrivait à peine à parler, il a quand même réussi à me dire que le thé était pour lui, je n'ai pas insisté et je suis sorti.

Dans la rue, j'ai pensé à Arcachon, à la peau de ma copine qui sortait de l'eau pour venir s'étendre à côté de moi. Un camion-poubelle est passé, je me suis demandé comment j'allais lui raconter l'interview sans qu'elle me prenne pour un zéro. Elle avait adoré le film en plus, j'avais réussi à l'incruster à la projection de presse en la faisant passer pour mon épouse, et en sortant elle m'avait demandé si elle pouvait continuer à être ma femme. Je lui avais dit oui. Nous étions comme mariés par ce film, et voilà que son réalisateur et son scénariste se tenaient les côtes dès que j'ouvrais la bouche.

J'ai marché longtemps, faisant de la rue une plage, des immeubles l'horizon. Je revoyais nos plateaux de fruits de mer d'Arcachon, le visage de ma copine derrière les langoustines, je rêvais d'y retourner, non seulement dans l'espace mais dans le temps, comme on remet un film en arrière, de boire à nouveau du vin blanc, de grimper à nouveau dans la chambre, de m'assoupir à nouveau dans ses bras… La vraie magie du cinéma, c'est qu'un film ça se revoit. Alors qu'une vie, il n'y a qu'au cinéma que ça se revit.

Un Villejuifois

Je me souviens, quand le film est sorti, les Villejuifois faisaient la queue devant le théâtre-cinéma jusqu'à la mairie. Au début, dans la salle, la déception était palpable. On pensait que le film serait davantage sur nous, sur la vie à Villejuif, avec ou sans robots. À mesure qu'il se déroulait sous nos yeux, l'impression grandissait qu'il aurait aussi bien pu se passer ailleurs, que la ville devenait un lieu de cinéma générique, d'autant que son nom n'apparaissait jamais. Le film se poursuivant, on se rendait compte à quel point nos existences étaient elles-mêmes génériques, nos façons d'enchaîner des gestes, des paroles et même des pensées, à quel point nos vies auraient pu se passer ailleurs, elles aussi, dans la ville d'à côté, dans un autre pays, sur la Lune, sans que ça ne change rien. Ce qui provoquait un double sentiment de désarroi et d'enthousiasme, la découverte soudaine d'une réalité accompagnée du désir immédiat de la changer.

Une fois sortis du cinéma, c'est à la mairie que les Villejuifois sont allés faire la queue, pour les divorces, les mariages, les déménagements, les emménagements, tous les changements personnels ou professionnels qui ont eu lieu. C'était comme si chaque spectateur reprenait le film de sa vie pour en améliorer la production, en revoir le casting ou en changer les décors. Certains s'attaquaient même au scénario. « Allô, chérie, je ne suis plus convaincu par la soirée de merde qu'on avait prévue ce soir. » Puisque tout revenait au même, les gens ne se gênaient plus pour essayer autre chose.

Une conseillère conjugale

Autant les confinements nous avaient mis du pain sur la planche, autant le film nous l'a ôté de la bouche. Que ce soit pour s'unir ou se désunir, il avait le don de pousser les couples à la prise de conscience. Ne leur restait plus qu'à passer à l'action. Les rendez-vous s'annulaient les uns après les autres, une fois que les gens avaient compris ce qu'ils voulaient dire, et surtout à qui ils voulaient le dire (« Mince, c'était pas toi que je voulais larguer en fait »), les conseils devenaient superflus… Nous avons été nombreux à mettre la clé sous la porte et à chercher une reconversion. Si on veut voir les choses de façon positive, on peut dire que le film avait le mérite de remettre vos choix en question. Son succès n'est pas venu d'un seul plaisir cinématographique, et le bouche-à-oreille y a joué un grand rôle (« J'ai des amis qui sont allés voir un film, eh bien figurez-vous qu'ils ont couché ensemble le soir même »).

Après un temps, les effets du film ont commencé à se dissiper, parfois même à s'inverser. Quand d'anciens patients ont commencé à me rappeler pour revenir en consultation, je venais de terminer ma formation de fleuriste. La seule idée de les avoir en face de moi me donnait envie de courir à travers champs.

Une spectatrice

Mon ex m'avait emmenée voir le film au petit cinéma d'une ville voisine, qui s'appelait Le Viking et qui avait survécu, je ne sais comment, aux confinements successifs. Les gens qui s'en occupaient devaient être des bénévoles, un peu comme des pompiers de village. Si ça se trouve, c'était les pompiers.

Le film est passé sur nous tel un rouleau compresseur. En sortant de la salle, on ne parlait pas, ni l'un ni l'autre, mais sur le coup je ne m'en suis pas rendu compte, ni pendant tout le trajet du retour, c'est après seulement, en arrivant chez nous, que je me suis fait la réflexion.

On s'est couchés sans un mot et à mon réveil j'ai trouvé une enveloppe sur le plan de travail de la cuisine. Par gentillesse, il m'avait laissé du café… Nous n'avions rien, même pas d'enfant, à partager.

Le mari d'une spectatrice

Cette saloperie de chef-d'œuvre m'a coûté mon couple, mon pavillon et même ma moto. Pendant plusieurs mois, j'ai dû me rendre à mon bureau sur une vieille trottinette que mes fils n'avaient pas voulu emporter chez leur mère… Elle était allée au cinéma avec une de ses amies le jour même de la réouverture. Ça n'avait pas traîné, sitôt sortie de la salle ma femme ne pouvait plus voir les hommes en peinture, et moi le premier… Elle est partie habiter chez son amie et on s'est partagé les jumeaux, un avec elle, un avec moi. Je reconnais qu'en cas de séparation c'est pratique des jumeaux, quand ils sont vrais du moins. Personne ne se sent lésé. Chaque semaine, on les échange, l'un retrouve sa mère et l'autre revient chez moi. Remarquez, ils peuvent nous faire croire ce qu'ils veulent, mais j'ai pris le parti de leur faire confiance. Je ne vois plus à qui d'autre je pourrais faire confiance de toute façon… Je n'ai toujours pas vu le film, et j'espère crever sans l'avoir vu.

Un théoricien du cinéma

J'ai mis longtemps à comprendre que le vrai thème du film était la rupture. Dans mes premiers articles, je suis complètement passé à côté. Je pense que ce qui m'a aveuglé c'est que je me trouvais moi-même en procédure de divorce au moment de sa sortie, et que c'était la dernière chose que je voulais y voir. J'étais tout prêt à entrer dans son jeu, à croire à la force de l'amour qui entraînait l'humanité vers un nouveau pas évolutif via son ouverture aux robots. Plus on est malheureux, plus on est idéaliste peut-être. Pour ne pas dire aveugle. Quand tout est sombre, vous avez besoin de lumière… Je me suis réfugié dans le film, je n'arrêtais pas d'aller le voir, au bout d'un moment je le connaissais de façon auditive, je n'avais plus besoin de regarder l'écran. La musique, les bruits et les voix suffisaient à projeter ses images sous mes yeux. Je les fermais et j'arrivais même à dormir, à récupérer au cinéma le sommeil que je ne trouvais plus chez moi.

Je ne sais pas si je serais sorti vivant de mon divorce sans ce film, et une fois que j'ai dit ça, tout ce que je pourrai écrire à son sujet importe peu, même si la qualité d'une œuvre ne se mesure pas au réconfort qu'on y puise. J'ai surmonté un cancer en me plongeant dans des films de cape et d'épée dont je n'aurais pas regardé trois minutes en temps normal… *Temps normal*, voilà qui ferait un bon titre. La vie entre deux étapes, deux événements. La vie quand elle va, tout simplement. Après le dernier choc et avant le suivant. Le temps normal, si rare, et si peu coté.

Un chroniqueur

Je me rappelle parfaitement où j'étais lorsque j'ai rédigé ma chronique. Je m'en souviens parce que j'ai parlé de tout sauf du film, notamment de la pizzeria dans laquelle je me trouvais, à côté du cinéma où je l'avais vu. J'ai évoqué la finesse de la pâte, le sourire de la serveuse, la lumière qui se réfractait dans mon pichet de bardolino. Après un apéritif et quelques olives, je m'étais dit que la meilleure façon de parler de ce film était de laisser s'exprimer l'état dans lequel il m'avait mis. Pour la première fois, j'avais pris le parti d'occuper tout l'espace de ma chronique avec d'autres choses que le film, dont je ne disais rien mais qui lui donnait son titre. Je craignais que le rédacteur en chef ne laisse pas passer mon texte mais personne n'a réagi. Alors la semaine suivante, j'ai recommencé avec un autre film, dans un restaurant chinois cette fois. Et tout s'est bien passé.

J'ai continué comme ça jusqu'à ma retraite, à ne plus analyser les films mais simplement à traduire l'effet qu'ils me faisaient. En dehors des restaurants où je me trouvais, je crois que je parlais souvent de mon enfance, de mes étés en Espagne. Si des lecteurs se sont plaints, la rédaction ne m'en a jamais averti.

Une spectatrice

Mon fils venait de fêter ses dix ans, je ne savais pas quoi faire ce jour-là, il était malade, j'avais pris ma journée pour rester avec lui mais on tournait en rond dans l'appartement. Tout le monde parlait déjà du film, il était interdit aux moins de douze ans, moi je me disais que ça irait, mais le problème n'était pas l'âge, c'était lui, qui il était, peut-être qu'avec un autre ce serait passé, les interdictions ne tiennent pas compte des individus, comment le pourraient-elles, il faudrait que chaque spectateur soit analysé et reçoive des recommandations personnalisées, untel ne pourrait pas voir *Mary Poppins* avant l'âge de dix-huit ans, un autre aurait intérêt à regarder *Psychose* dès ses huit ans ; et ça ne suffirait pas, il faudrait réanalyser la personne après chaque film vu, et surtout il faudrait que ces recommandations soient écoutées, que des mères comme moi ne les ignorent pas comme j'ai ignoré l'interdiction généralisée aux moins de douze ans en me disant exactement le contraire, que c'était douze ans pour les autres mais que pour lui, si calme et si mûr pour son âge, ça irait, alors que ça n'est pas du tout allé, qu'après avoir vu le film il s'est mis à lire tout ce qu'il pouvait sur l'avenir de l'humanité, jusqu'à ce qu'un jour il m'annonce qu'il était entré en contact avec des extraterrestres et que ceux-ci l'avaient invité sur leur planète. Bien sûr, je ne l'ai pas contrarié, je lui ai même demandé si je pouvais venir avec lui mais il m'a dit non, qu'il devait y aller seul, et il est sorti jouer dans le jardin. Il n'en parle plus aujourd'hui, mais je sais qu'il les attend toujours.

Un spectateur

J'avais huit ans quand ma belle-mère m'a emmené voir le film au cinéma. Elle en avait tellement envie qu'elle a menti sur mon âge. Au milieu du film, quand le robot et la femme qui se sont enfuis à la campagne prennent leur petit déjeuner au soleil sur la chanson *À toi* de Joe Dassin, ma belle-mère s'est mise à pleurer. Je ne savais pas quoi faire, j'ai attrapé sa main, elle l'a serrée en continuant de pleurer, même pendant les scènes d'action qui suivaient, et puis elle s'est calmée, a relâché ma main, a cherché des mouchoirs dans son sac. On a regardé la suite du film et à la fin, quand le premier bébé robot-humain naît, elle s'est remise à pleurer. J'ai repris sa main, on a vu une succession de couples sans masques avec des bébés robots-humains dans les bras, et au dernier ma belle-mère s'est arrêtée de pleurer. Heureusement parce que c'était déjà le générique et les lumières allaient bientôt se rallumer. Ensuite on a acheté des gaufres à côté du cinéma et on est allés s'asseoir dans un square où on a parlé du film sans reparler de ses larmes ni de nos mains serrées dans le noir. Je lui ai demandé si les bébés de la fin étaient des humains ou des robots et elle m'a dit les deux. Je lui ai demandé si elle aimerait bien en avoir un. Elle m'a répondu que c'était impossible parce qu'elle n'était pas une robotte ni mon père un robot.

On est restés en silence sur notre banc en terminant nos gaufres. J'ai regardé le toboggan du square. J'ai dit qu'ils pouvaient quand même avoir un bébé humain. Elle a dit oui, avant de me demander si j'aimerais bien aussi. « Avoir un bébé ? » j'ai demandé. Elle a ri. « Non, un petit frère ou une petite sœur ? » Les parents demandent toujours ça, comme si les enfants avaient leur mot à dire là-dedans. J'ai répondu : « Les deux. » Ma belle-mère m'a regardé. J'ai cru qu'elle allait encore pleurer mais elle a souri, s'est levée d'un coup et a couru vers le toboggan. J'ai sauté du banc pour la rattraper.

Un membre de la commission de classification des films

Ceux qui sont nés dedans ne s'en rendent pas compte mais autrefois il n'y avait pas toutes ces protections, ces mesures, cette distance. Et pourtant on entendait déjà que c'était mieux avant, que la société manquait de plus en plus d'humanité. Selon moi, c'était ça, à l'origine, que le film voulait dire. Qu'au point où on était arrivés, autant devenir des robots. Lorsque les avantages d'une condition disparaissent, les inconvénients d'une autre deviennent acceptables. Derrière l'histoire d'amour qui prenait toute la place se cachait un mépris de la vie telle qu'elle était devenue, voire telle qu'elle avait toujours été, mépris à mon avis partagé par les deux frères. La réalité ne leur convenant pas, ils décidaient simplement d'en créer une autre. Ce qui peut ressembler à une définition de l'art mais qui part souvent d'un constat très noir. Ce n'est pas parce qu'on rejette quelque chose qu'on n'en fait pas partie, au contraire… Si ça n'avait tenu qu'à moi, l'interdiction serait montée aux moins de seize ans.

Un spectateur

J'avais treize ans et c'était la première fois que j'invitais une fille au cinéma. Elle en avait quatorze, je n'ai rien vu du film mais la musique m'a marqué à vie. Aujourd'hui encore, je ne peux pas entendre une chanson de Joe Dassin sans bander.

Une spectatrice

Tout le monde m'avait parlé de la scène de l'aspirateur et comme une idiote je suis allée faire pipi juste à ce moment. Je me retenais depuis le début de la séance, je n'en pouvais plus. J'étais enceinte de sept mois et il faisait tellement chaud que je passais mon temps au cinéma juste pour l'air climatisé. J'allais voir tout et n'importe quoi, sauf les films interdits au jeune public. On ne peut pas savoir ce que les bébés captent, même à l'intérieur du ventre, et sept mois c'est vraiment très jeune… Je ne sais pas comment c'est arrivé, je n'ai pas remarqué que celui-là était interdit aux moins de douze ans. Et malgré mon ventre tout rond, le caissier ne m'a rien dit. Aujourd'hui ma fille tourne des films expérimentaux avec mon téléphone dans les bois derrière chez nous… C'est un des avantages d'habiter à la campagne, ça et les trois cents kilomètres qui nous séparent de son père. C'est fou quand on y pense : être si proches, au point de donner naissance à un troisième être, puis si étrangers. Avant, ça me faisait pleurer, aujourd'hui ça ne m'étonne même plus. Une semaine sur deux, ma fille va de son collège à la gare le vendredi soir, et de la gare au collège le lundi matin. Entre les deux, je ne sais pas ce qui se passe, elle ne m'en parle pas et je ne lui pose pas de questions. Je ne lui raconte pas ce que je fais non plus.

Mes occupations du week-end sont variables mais j'ai toujours le même rituel de début : en rentrant du boulot, je m'achète une bouteille de champagne (les autres soirs je ne bois pas, ou juste un verre), arrivée chez moi je me mets en sous-vêtements, je m'installe dans notre salon et je regarde le film. En général, quand arrive la scène de l'aspirateur j'ai terminé la bouteille et je m'enfonce plus confortablement dans le canapé. C'est comme un sas de transition pour le week-end. Quand le film est terminé, je prends une douche, je me couche tôt et le samedi matin je suis d'attaque pour n'importe quoi. S'il y a une chose qu'a su me montrer le père de ma fille, c'est qu'il faut toujours commencer par s'occuper de soi.

Un secouriste

Les morts au cinéma sont extrêmement rares. Je parle des salles, pas des films. On peut aller jusqu'à émettre l'hypothèse que les personnes à qui la chose arrive l'ont fait exprès. Soit qu'elles aient senti leur dernière heure approcher, soit qu'elles l'aient provoquée et qu'elles aient cherché un endroit sombre et anonyme où tranquillement s'en aller… Je n'ose pas imaginer la tension au moment de choisir la salle. Devant quel film aimeriez-vous mourir ? Voilà une question qu'on peut se poser, à condition de disposer d'un peu de temps, de calme, de détachement. Le premier réflexe est de donner le titre de son film préféré, et beaucoup de gens s'arrêtent là, faute de temps, de calme, de détachement. En réalité, il est probable que votre film préféré vous donne davantage envie de vivre que de mourir… Quand on connaît Quentin Tarantino, on peut franchement se demander si sa mort dans une salle de cinéma n'était pas un peu trop belle pour être vraie, un peu trop idéale pour sa biographie. Même si les médecins légistes ont assuré n'avoir retrouvé aucune substance dans son organisme, on peut imaginer que sa connaissance approfondie des arts martiaux lui ait permis de se donner la mort par un exercice complexe de respiration thoracique. Assez tristement – mais comment aurait-il pu l'indiquer – on ne saura jamais quelle scène il a choisie pour mourir. Quel film il avait élu, en revanche, le monde entier l'a su… Disons que si QT avait voulu en faire la promotion, il n'aurait pu concevoir meilleur stratagème. On peut d'ailleurs s'étonner qu'il ne l'ait pas mis en place pour son dernier film, ce en quoi on reconnaît sa grande honnêteté en tant que cinéphile.

Certains de ses fans se livrent cependant à une analyse très différente des causes de sa mort : loin de la croire volontaire, ils prétendent que c'est le film lui-même qui a tué QT. Soit qu'il n'ait pas supporté le travail des deux frères, soit qu'il ait suffoqué de ne pas en être l'auteur. Dans les deux cas, et plus encore dans le deuxième, la mort de QT a produit un effet mille fois supérieur à celui qu'une critique dithyrambique aurait pu entraîner, même de sa part. Si la productrice s'est fermement opposée à ce que les diffuseurs ajoutent sur l'affiche « Le film devant lequel Quentin Tarantino est mort », l'information a été largement relayée et, en dehors d'un petit groupe d'égarés qui en faisaient une œuvre diabolique et craignaient de subir le même sort que QT, spectateurs et spectatrices ont couru de plus belle au cinéma.

Le novélisateur

Un éditeur m'avait contacté pour me proposer d'écrire le livre adapté du film. Certains appellent ça une mise en roman, d'autres une novélisation, ça arrive quand un film rencontre un certain succès, et que, bien sûr, il n'est pas lui-même tiré d'un livre.

À cette époque, je n'avais pas encore accepté que je ne vivrais pas de mes propres romans. Mon public se limitait à quelques milliers de lecteurs, ou d'acheteurs en tout cas. Compte tenu de ce que j'écrivais, ça n'était ni surprenant ni injuste, mais je me figurais toujours qu'à mon prochain livre la planète allait comprendre. Mon premier élan a donc été de refuser, de jouer les auteurs purs et intègres. Non, non, pas de ce pain-là pour moi. Mon grand œuvre avait besoin de moi, je n'allais pas vendre mon âme au divertissement. Reste qu'il y avait un chèque à la clé et que j'avais un loyer à assurer si je ne voulais pas retourner vivre avec ma mère qui de son côté n'avait jamais cru que mon écriture puisse me nourrir un jour…

Il y a deux grandes écoles de novélisation : la première consiste à regarder le film une ou deux fois, à écrire tout le roman d'après son souvenir, son ressenti, puis à le visionner de nouveau et à retravailler son texte. La deuxième consiste à regarder le film des dizaines de fois en prenant le plus de notes possible, puis à s'attabler avec toutes ses fiches. Je me suis spontanément rallié à cette dernière école, non que j'aime prendre des notes mais j'ai toujours adoré regarder le même film des dizaines de fois. J'ai commencé très jeune et je n'ai jamais arrêté, même sans chèque à la clé. Le goût de la répétition, qu'on perd en général avec l'enfance, était resté ancré chez moi, ce qui pouvait devenir exaspérant pour les autres… À mon sens, le gros avantage de ce travail était que l'histoire existait déjà. Il ne s'agissait pas d'avancer dans la jungle, comme pour l'écriture d'un roman, plutôt de se promener dans un bois. Vous tournez une page, la suivante est pré-écrite. Le vide n'existe pas. Tout est là, il n'y a qu'à se baisser. Cela faisait penser à un travail de traduction, en plus libre et plus amusant, parce que vous restiez seul auteur des phrases. Une fois mon orgueil dompté, je me suis senti presque excité à l'idée de mettre sur pause mes angoisses de créateur pour retrouver des plaisirs d'écriture plus simples, plus innocents.

Le premier signe favorable que j'ai reçu, c'est que ma mère m'a reproché d'accepter, me disant de faire attention, que je me plaignais toujours de faire passer mon écriture en dernier et qu'avec ce boulot j'allais avoir encore moins de temps pour moi. Quand un traître vous met en garde contre un ennemi, il y a des chances que ce soit un ami… J'ai mis des années à comprendre que ma mère ne supportait pas deux choses : la première, c'était de ne pas avoir la mainmise sur moi ; la deuxième, c'était d'avoir la mainmise sur moi. Elle allait et venait d'un état à l'autre, entre le dégoût d'avoir le contrôle et la terreur de le perdre. Chaque fois qu'elle commençait à avoir peur, je savais que j'étais sur le bon chemin.

Quand l'éditeur m'avait demandé au téléphone si j'avais vu le film, je ne lui avais pas caché que non. Il s'était étranglé, m'avait demandé si je plaisantais, puis m'avait recommandé de le voir avant de lui donner ma réponse. Tout le monde en parlait déjà, je m'étais empêché d'y aller parce que ma mère voulait qu'on le voie ensemble et qu'aucun moment ne lui avait encore convenu. Finalement, le jour où j'ai annoncé que je devais y aller avec ou sans elle – j'avais le prétexte du boulot et de ma réponse à donner à l'éditeur, même si je savais déjà que j'allais dire oui –, elle a tout de suite trouvé le temps. C'était toujours pareil. Il aurait fallu que je possède cet aplomb en permanence, avec ou sans éditeur derrière moi, sur la base de mes propres besoins, de mes propres envies. Ma mission dans la vie était peut-être de réussir à aller seul au cinéma sans me sentir coupable. Ça n'était pas *Braveheart*, mais chacun son destin… Nous nous sommes retrouvés devant la salle, pour une fois ma mère n'était pas en retard, elle savait que son rival débuterait à l'heure. On a commencé la séance côte à côte, on l'a terminée à trois fauteuils l'un de l'autre. En sortant elle m'a dit que, sincèrement, à ma place, elle refuserait, et je lui ai répondu que, sincèrement, à ma place, j'allais accepter. Ma mère a fait comme si ça lui était égal et nous nous sommes éloignés du cinéma à pied, comme dans *Thriller*. Peu à peu, à mes côtés, je sentais sa peur qui montait.

Un spectateur

J'avoue que j'ai perdu mon sang-froid. Mais un type juste devant moi a sorti son portable et a commencé à regarder ses messages au moment où l'héroïne du film découvrait que le robot était un robot. Je ne sais pas ce qui m'a pris, je l'ai chopé par le col et je lui ai arraché son téléphone. Le problème, c'est qu'il a voulu jouer au dur devant sa copine et que, pas de bol, la mienne n'était pas là pour me retenir… Je l'ai démoli. C'était complètement con de ma part parce qu'une dame est tout de suite partie chercher la sécurité et que je n'ai même pas pu voir la fin du film.

Une spectatrice

Chaque fois que je revois le film, j'espère que la fin va être différente. Chaque fois que je rencontre un homme, c'est la même chose. Moi, si j'avais été à la place de l'héroïne, je serais partie avec le méchant robot. Il est beaucoup plus beau et il ne se fait pas passer pour un humain, lui… Il lui avoue d'emblée qu'il est un robot, qu'il ne peut pas avoir de sentiments, mais que dès qu'il l'a vue, c'est comme si un cœur lui était né. Je trouve ça magnifique. J'ai attendu ça de tellement d'hommes. Moi, c'est toujours d'autres organes qui leur naissent. De mon point de vue, c'est plutôt eux les robots.

La productrice

J'ignore combien de tonnes de lettres on a reçues. Des remerciements aux insultes en passant par les réclamations. J'avais fini par louer une benne exprès. Elle restait dans la cour et le facteur recevait des étrennes chaque lundi s'il acceptait de déposer les sacs directement dans la benne plutôt que de les monter au troisième étage pour qu'on les redescende ensuite nous-mêmes… Je ne sais pas en quoi toutes ces lettres ont été recyclées, peut-être en pots de yaourt que leurs auteurs achètent aujourd'hui sans le savoir.

La story-boardeuse

Mes dessins ont servi de matrice au beau livre sur le film publié l'année après sa sortie, en pleine période de Noël. Jamais un story-board n'avait autant rapporté. J'avais vingt ans et j'en ai bien profité… Plus le temps passe, plus j'entends des gens dire qu'ils n'aimeraient pas avoir vingt ans aujourd'hui. Qu'est-ce qu'ils racontent ? Les gens parlent des choses comme si les choses étaient ce qu'ils voient. C'est de la folie… Évidemment qu'ils aimeraient avoir vingt ans aujourd'hui. Aujourd'hui, demain, après-demain, dans un monde postapocalyptique, peu importe… L'essentiel c'est d'avoir vingt ans. Un esprit de vingt ans. Un cœur de vingt ans. Des yeux de vingt ans.

Le novélisateur

Ce que je prenais pour un travail facile où tout serait écrit d'avance s'est révélé beaucoup plus compliqué que prévu. Pour que le film tienne debout sous la forme d'un roman, il fallait que j'invente une multitude de pensées et d'explications qui ne figuraient pas dedans. Quand vous lisez, vous êtes beaucoup plus enclin à vous poser des questions… Les incohérences qui passent inaperçues à l'écran, pris que vous êtes par les vingt-quatre images par seconde, vous sautent plus facilement aux yeux et vous avez tout le temps de les considérer. Bref, j'ai dû ajouter des pages et des pages, sans quoi on ne comprenait rien. D'autant que je n'avais pas la musique de Joe Dassin pour boucher les trous… Ce qui est drôle c'est qu'en fin de compte ça revenait exactement à écrire un roman, sauf que je ne me jugeais pas sans cesse. L'idée n'était pas de moi, après tout. Pourtant le travail était aussi difficile, aussi excitant, et en prime j'étais payé pour. Pas des millions, mais cela suffisait à régler mon loyer et à tenir ma mère à distance. La toute première chose dont a besoin un écrivain, c'est le silence, au moins à l'intérieur.

Avant d'imprimer le livre, l'éditeur m'a autorisé à le dédier, ce qui ne se fait jamais en novélisation. Mais j'avais fourni un tel boulot que lui-même n'en revenait pas. Il m'a confié que dans son service ils s'étaient repassé plusieurs fois le film en cherchant où j'avais pu voir tout ça… Pour la dédicace, je n'ai pas eu besoin de réfléchir longtemps. J'ai demandé à mettre : *Pour maman, avec qui je n'aurais jamais pu écrire ce livre.*

Un élu de Villejuif

Au début, c'était formidable. Après les confinements, les touristes affluaient, ils venaient marcher sur les traces du film, se prendre en photo devant la maison du robot. L'hôtel où s'était passé le tournage avait rouvert et ils avaient eu la bonne idée de conserver tous les décors et de nommer chaque chambre en fonction. C'est toujours le cas aujourd'hui. Vous pouvez passer la nuit dans la cuisine du robot, dans la salle à manger des beaux-parents, dans le labo du Centre, dans la chambre de l'héroïne… Vous pouvez même dîner au SpeedBurger. C'est un peu défraîchi maintenant, il aurait fallu qu'ils sortent un 2, je n'ai jamais compris pourquoi ils ne l'ont pas fait. Et même un 3, un 4, un 5 ! Comme *Retour vers le futur* ou *SOS Fantômes*. Mais non… La seule chose qu'ils ont acceptée, c'est le partenariat avec Playmobil. Apparemment, pour les deux frères, c'était le couronnement suprême. Les Palmes, les Oscars, les Césars, ils s'en moquaient. Mais leurs propres playmobils, c'était la récompense ultime… Je tiens ça de ma fille, elle sait quasiment tout sur le film. Comme elle a figuré dedans toute petite, elle a été marquée à vie, la pauvre. Si c'était à refaire, je jure que je dirais non… Je ne me rendais pas compte à l'époque, et sa mère non plus. Notre petite merveille jouait un prototype de robot bébé qui explosait pendant un test. C'était une des idées du film, que les robots bébés ne fonctionnent pas. Trop petits, trop complexes, trop imprévisibles. Trop enfants, en fait. Et cela rendait d'autant plus spectaculaire le bébé final. Là où la science échouait, l'amour réussissait…

Au début, tout le monde avait cru au renouveau de la ville. Des cars de touristes à Villejuif ! On avait dû agrandir le parking de la mairie en rognant sur le parc. Les écolos n'étaient pas contents. Je n'ai jamais compris qu'on vienne faire de l'écologie en banlieue. Comme si on allait faire de l'urbanisme dans un parc naturel : évidemment que ça manque d'immeubles, c'est une forêt. Cependant, ce n'était pas leurs trois panneaux à l'entrée du parc qui allaient faire peur aux pelleteuses. Aujourd'hui, le parking est beaucoup trop grand. Surtout depuis le départ de tous les food-trucks… Je me souviens quand on y allait en famille, on aurait dit une avenue de food-trucks, avec chacun sa thématique. C'était toujours ma femme qui choisissait : « Ce soir, mexicain ! » Elle ne savait pas cuisiner mais elle avait un don pour commander, et les gars des food-trucks lui offraient toujours des boissons. Aujourd'hui, on commence à replanter des arbres dans le parking. Au moins, les écolos sont contents… La mode du film est passée, ou plutôt l'illusion. Je ne sais pas pourquoi, c'est comme si les gens y avaient vraiment cru. C'est bizarre, après la sortie de *Retour vers le futur* ou de *SOS Fantômes*, personne ne pensait que des fantômes allaient débarquer ou qu'on allait s'envoler en voiture dans le passé. C'étaient juste des films. Je ne sais pas pourquoi les gens se sont mis en tête que ce film-là était l'annonce de quelque chose. Peut-être que les confinements avaient tapé sur la tête de tout le monde. Ça a duré quelques années. Le temps pour la municipalité de fleurir et de faner.

Aujourd'hui c'est pire qu'avant. Ce n'est pas que les gens ne viennent pas, c'est qu'ils font attention à ne pas venir. À part quelques fans irréductibles qui sont loin de faire du bien à la ville. Des individus qui essaient de squatter l'hôtel, qui errent dans les rues et s'évertuent à ne rien manger pour ressembler à des robots mais qui finissent toujours par flancher et voler quelque chose. Personnellement, j'aurais préféré que rien n'ait lieu, que le film n'ait jamais existé.

Une spectatrice

Je me souviens que j'ai vu le film et qu'en sortant je suis directement allée manger une entrecôte-frites dans la première brasserie que j'ai trouvée. Juste pour être sûre que j'avais encore de l'appétit. Ne plus manger, franchement, quelle horreur ! Après je suis rentrée chez moi, et voilà. Je ne sais pas quoi dire d'autre. C'était il y a des années aussi. Un film, c'est un film. La vie, c'est la vie.

Un projectionniste itinérant

Le film m'a fait sillonner la Normandie dans tous les sens, des centaines et des centaines de kilomètres en camionnette. Je faisais escale dans les salles municipales, les foyers ruraux, en plein air quelquefois. J'utilisais un matériel de haut niveau, digne des salles des plus grandes villes. J'avais l'habitude d'être bien accueilli, mais en quarante ans de carrière je n'avais jamais connu ça. Ma camionnette était à peine garée que les habitants sortaient de chez eux, on se serait cru à la Libération. Certains ne s'étaient pas parlé depuis des mois, d'autres se voyaient pour la première fois… Quand un film n'était pas « familial », je prévoyais toujours un premier programme pour les enfants, mais là, dans tous les villages où je faisais étape, les enfants étaient déjà couchés… Le bouche-à-oreille avait fonctionné mieux que jamais, on m'attendait comme le Messie. Je me souviens qu'à Beauficel-en-Lyons, quand il nous a manqué des chaises pour la projection, les habitants sont allés réquisitionner les bancs de l'église. Et au village suivant, j'ai carrément projeté le film dans l'église. Elle était pleine à craquer, c'est arrivé aux oreilles de l'évêque, j'ai été convoqué, et à ma grande surprise, quelques semaines plus tard, je projetais le film dans la cathédrale de Chartres. Une expérience inoubliable. Le bleu des vitraux baignait l'immense écran, les pas des robots résonnaient dans la nef, tout le film prenait une nouvelle dimension. J'ai entendu dire que des spectateurs s'étaient convertis après la séance. Pour ma part, tout au long de la projection, je ne pouvais m'empêcher de penser : « Si seulement ma mère voyait ça, si seulement ma mère voyait ça… »

Un ingénieur Playmobil

Afin d'éviter la conception longue et onéreuse de nouveaux moules, nous sommes partis de moules existants que nous avons déclinés selon l'univers du film, ainsi qu'on le pratique la plupart du temps chez Playmobil. En changeant la combinaison des pièces et en mettant le paquet dans leur coloration, on réussit à faire oublier aux gens que la dernière licorne qu'ils viennent d'acheter pour leurs enfants ressemble étrangement au cheval de cow-boy que leur ont offert jadis leurs parents...

C'était la première fois que Playmobil s'associait à un film qui n'était pas tout public et, contre toute attente, la marque avait atteint une nouvelle cible. Des adolescents qui délaissaient depuis longtemps leur bateau pirate ou leur ferme d'animaux s'étaient mis à acheter les personnages du film, ses endroits emblématiques, ses différents moyens de transport. Même les adultes ne résistaient pas. Un nouveau marché était apparu. Des jouets pour grandes personnes, telle était la voie que Playmobil semblait avoir ouverte.

Forts de ce succès, nous nous sommes lancés dans des partenariats de plus en plus adultes. L'hôtel de *Shining* a fait un malheur, le vaisseau d'*Alien*, et jusqu'aux personnages de *La Nuit des morts-vivants*. Peu à peu, cependant, les grandes personnes ont ouvert les yeux et pris conscience qu'elles ne savaient plus jouer. Les salons s'étaient remplis de vitrines, chacun y exposait ses figurines mais on ne savait pas quoi leur faire dire, leur faire faire, leur faire penser. C'était de plus en plus triste, comme d'avoir en permanence la fin de votre enfance sous les yeux. Et puis ça prenait de la place. Au bout d'un moment, tout le monde a voulu revendre ses pièces mais l'offre s'est mise à dépasser la demande dans des proportions démesurées... Les playmobils pour adultes avaient perdu toute valeur.

Alors, après une hésitation plus ou moins longue

selon les milieux et les familles, on a fini par les refiler aux enfants. Ceux-ci ne comprenaient pas toujours les accessoires qui accompagnaient les figurines mais ils réussissaient toujours à les animer. Hannibal le cannibale rejoignait sans peine le bateau pirate, et la ferme de *Massacre à la tronçonneuse* accueillait enfin cochons, vaches et lapins… Au fond, tous venaient des mêmes moules.

La star

C'est très difficile de devenir écrivain quand vous êtes déjà célèbre. D'un côté il y a ceux qui lisent votre livre seulement parce que vous en êtes l'auteur, de l'autre ceux qui ne le lisent pas, exactement pour la même raison. En règle générale, tout le monde pense que vous êtes publié à cause de votre célébrité et non de votre écriture. Peu importe que les gens aiment ou n'aiment pas ce qu'ils liront, avant même d'ouvrir le livre ils le considèrent comme une publication de star et rien de ce qui sera écrit à l'intérieur ne pourra changer leur avis, même pour ceux qui vous admirent, surtout pour ceux qui vous admirent. Les lecteurs qui ne vous appréciaient pas en tant qu'acteur arriveront à des commentaires du type « Je le trouve meilleur auteur qu'acteur », mais de là à vous prendre pour un écrivain, il y a un pas qu'ils ne feront jamais… Et le plus grave dans tout ça, c'est que vous-même vous doutez. Vous non plus, vous ne savez pas si vous êtes publié pour votre livre ou pour votre célébrité. Ce sentiment d'imposture que beaucoup de gens connaissent, il trouve ici une incarnation idéale. De par votre célébrité, vous devenez, quoi que vous décidiez de faire, un imposteur. La chose peut même se produire en restant acteur, après un gros succès, vous ne savez plus si c'est votre jeu ou votre nom que les producteurs, les réalisateurs, ou même les scénaristes, recherchent. C'est ce qui m'avait convaincu d'arrêter à l'époque. Après un film pareil, j'étais définitivement réduit au rang de star.

Une chose est certaine, les années que j'ai passées à écrire mon premier et seul livre ont constitué la meilleure période de ma vie. J'écrivais, on faisait l'amour, notre fille grandissait, l'argent du film coulait à flots… Et puis il y a eu l'année de la parution du livre, qui a sans doute été la pire de ma vie… Je ne sais pas si ma dépression a eu lieu avant ou après notre séparation, c'est un peu l'œuf ou la poule.

La robotte

On a beaucoup parlé de notre histoire, les couples d'acteurs qui se forment sur le tournage d'un film ont le don de passionner le public, surtout s'il y a une star, et surtout s'il y a des dégâts : quand l'un ou l'autre, ou les deux, laissent une famille derrière eux. Ce n'était pas notre cas. Ça l'a été, quatre ans après, sauf que c'était nous la famille derrière… Enfin, ma fille et son père.

Une psychologue

Le plus remarquable, c'est qu'à la sortie du film quantité de spectateurs se sont identifiés aux robots plutôt qu'aux humains. Leur besoin vital d'être aimés, d'être acceptés comme ils étaient, levait le voile sur le nôtre. Pareils à des gens nus au milieu d'une foule habillée, ils étaient vulnérables mais ils nous ressemblaient. Alors que les humains, ceux du film comme ceux que nous étions chaque jour, nous paraissaient de plus en plus éloignés de nous… En deçà du film, je crois que la pandémie elle-même avait préparé le terrain, comme si les confinements, avec toutes les portes qu'ils avaient fermées, en avaient ouvert une nouvelle, intérieure, sur la possibilité de vivre autrement. Bien sûr, ça ne dura pas. Après une ribambelle d'extravagances qui laissèrent un temps croire en la possibilité d'un monde meilleur, comme aux premiers jours de Woodstock ou aux débuts de l'Internet, tout rentra dans l'ordre et on ne trouva rien de mieux à faire que des rétrospectives de ce qui s'était passé.

L'éditeur de DVD

De confinement en confinement, le DVD effectuait un retour en force, en particulier pour les films non plateformés. Contrairement à celle du vinyle, cette renaissance ne s'appuyait pas sur la spécificité du support mais sur la nature des œuvres elle-même. En gros, le DVD permettait à tout ce qui ne convenait pas aux plateformes d'exister au-delà des salles sans être chassé par les algorithmes.

La question de ce qui allait figurer en bonus nous a longtemps posé problème. Les deux frères étaient contre la divulgation de scènes coupées. « Ou pire, alternatives. » Selon eux, quand on avait terminé un travail, on ne montrait pas sa poubelle… Une version commentée du film ne leur semblait pas non plus envisageable, ils répétaient qu'ils n'étaient pas journalistes sportifs. Nous n'avons pas insisté, pour dire la vérité ils commençaient à nous chauffer les oreilles et aucun de nous n'avait envie de les entendre parler toute la durée du film. J'ai suggéré de nous rabattre sur des documents audiovisuels que d'autres membres de l'équipe nous avaient proposés. Les deux frères ont répondu que c'était une brillante idée, à condition qu'aucun ne contienne d'images du tournage. J'ai voulu protester mais ils ont soutenu que la story-boardeuse détenait l'entière exclusivité du making-of… Voilà comment nous sommes arrivés à l'espèce de brocante audiovisuelle qui a tenu lieu de bonus au DVD.

Je ne me souviens pas de tout, la plupart des documents avaient été enregistrés après la fin du tournage, on trouvait en vrac un petit film de la star en train de se laver les dents (la robotte l'avait filmé exprès pour lui faire une blague via le DVD, au temps fort de leur complicité), un autre sur les premiers pas du premier enfant de l'héroïne et du soigneur, des vidéos que le régisseur général avait faites de son chien, une recette filmée de l'accessoiriste sur « Comment réussir son soufflé », un vieux court-métrage incompréhensible de la scripte, des tas d'autres babioles… Toutefois, au cœur de ce bric-à-brac reposait un trésor qui donnait toute sa valeur au DVD et pour lequel nombre de gens se l'étaient offert, comme on peut emporter tout un lot à seule fin d'acquérir la perle rare qui s'y trouve.

Il s'agissait d'une interview du grand artiste franco-chilien Alejandro Jodorowsky, enregistrée alors qu'il sortait d'une salle parisienne où il venait d'assister à la projection du film. Le chef opérateur, qui avait par hasard emmené sa mère à la même séance, l'avait reconnu à la sortie du cinéma et lui avait proposé un chocolat chaud à la brasserie du coin. Jodorowsky avait accepté, il s'était installé sur une banquette et avait parlé presque une heure sans s'arrêter. Le chef opérateur l'avait filmé tout du long avec son téléphone. C'était impossible à regarder sans jubiler. C'était presque mieux que le film.

Un couple de spectatrices

On n'arrive jamais à le voir jusqu'au bout. Chaque fois, c'est la même histoire, on s'installe dans le canapé, on lance le film et il y en a toujours une de nous deux qui dérape, propose à l'autre d'aller dans la chambre, ou plonge directement entre ses jambes. À force, c'est devenu un code entre nous, on se demande l'air de rien : « Ça te dit qu'on regarde ça ce soir ? », et on se répond sur le même ton : « Oh oui, tiens, bonne idée. » C'est le seul film avant lequel on va prendre une douche…

Il faudrait qu'on essaie de le regarder un jour où on est en froid mais ces jours-là, évidemment, on ne se le propose pas. Ou si on se le propose, c'est parce qu'on sait que le froid vient de là. La dernière fois, on a quand même gagné quelques minutes, il y avait une scène dans un pré que je n'avais jamais vue. Peut-être qu'un jour on le verra jusqu'au bout. Peut-être que, ce jour-là, ce sera fini entre nous. Qu'une fois le générique terminé, on se lèvera du canapé et on se dira adieu.

Le chef opérateur

Le film donnait souvent envie d'être partagé avec d'autres et son effet devenait cruel lorsque ces autres n'étaient plus. À sa sortie en DVD, je m'imaginais souvent aller l'offrir à mon père pour le revoir avec lui sur le vieux lecteur de son appartement. Je voyais d'ici la scène, mon père aurait préparé un plateau de fromages, ouvert une bouteille de vin et on se serait installés tous les deux dans son salon pour regarder le film. J'aurais eu du mal à quitter des yeux son visage émerveillé, l'air d'enfant qu'il prenait devant sa télé… Mon père buvait devant les films, je crois que le vin lui servait de passerelle pour entrer dans l'histoire, vivre avec les personnages, ne faire qu'un avec la fiction, et pourquoi pas, communier avec l'œuvre d'art. Il lui arrivait aussi de boire devant la réalité mais ça fonctionnait beaucoup moins bien.

Aussi loin que je me le rappelle, regarder des films était son plus grand plaisir dans la vie. Avant ça il avait fait toutes sortes de métiers, m'avait-on dit, s'était passionné pour beaucoup d'autres choses, mais avec la famille, les problèmes matériels, les boulots alimentaires, il s'était rabattu sur le cinéma, qui lui servait de deuxième vie. Devant les films, mon père n'en avait plus rien à foutre du reste, boulots, enfants, couple, problèmes, et cetera. Il était comme un garçon de six ans qui assiste à son premier Walt Disney au cinéma, le vin remplaçant le pop-corn. Ça m'impressionnait toujours à quel point nous disparaissions à ses yeux. Le reste du temps, mon père avait constamment besoin d'attention, d'affection, c'en était parfois fatigant, mais là, des acteurs, un réalisateur et toute une équipe se chargeaient de les lui procurer. Mon père titubait souvent à la fin des films, surtout les bons. Plus un film lui plaisait, plus il buvait, comme si à partir d'un certain seuil, l'ivresse lui permettait d'entrer réellement dans le film, de rejoindre la salle de délibération de *Douze hommes en colère*, les steppes de *Dersou Ouzala*, le désert de *Gunga Din*. Un adulte bourré devant sa télé, c'était ça mon père. Mais il y mettait du soin, choisissait son vin en fonction des films, un grand cru pour un chef-d'œuvre, un vin de table pour une série B. Jamais il ne regardait d'émissions, d'informations, ni même de feuilletons. C'était le cinéma qu'il aimait, et l'alcool avait le pouvoir de transformer la télé en cinéma.

Une spectatrice

Mes amies me disent souvent que je dois être une robotte, parce que je n'ai pas l'air de vieillir. Le film a vieilli, lui, c'est sûr. Quand on le revoit, ce que beaucoup de gens n'osent plus aujourd'hui, on revoit aussi toutes les illusions, les espoirs qu'il contenait, ou qu'il avait éveillés en nous, et qui pour un bon nombre ont été déçus. C'est comme de regarder une photo de soi-même au temps où on rêvait de devenir chanteuse et puis de la remettre à sa place pour partir enseigner à l'école primaire. C'est triste et drôle à la fois. Toutes ces choses qui ne sont pas arrivées. Tous ces talents gâchés.

D'un autre côté, quand on se penche sur la vie de ceux qui ont réussi, on s'aperçoit que leurs meilleurs moments se situent toujours avant le succès, quand ils n'étaient encore personne, qu'ils ramaient, ou que ça commençait tout juste à marcher. Avec un peu de philosophie, on peut imaginer qu'éviter de réussir, c'est prolonger infiniment ces meilleurs moments, faire qu'ils n'aient pas de fin, que jamais le succès ne vienne tuer le rêve. Le seul obstacle, c'est le temps qui passe, au bout d'un moment ça devient difficile de continuer d'y croire. À moins d'être un robot, un être qui ne vieillit pas, capable d'endurer cinquante ans de galère, de bouts de ficelle, de lits d'appoint, de pâtes au sel, sans se décourager, sans s'épuiser, sans se dire que ça suffit maintenant, il faut être réaliste, on a essayé et ça n'a pas marché, il est temps de passer à autre chose, de fonder une famille, de s'installer, de trouver un emploi ici ou là, et pourquoi pas à l'école primaire, autant exercer un métier utile, tant qu'à faire… Quand j'entends ma fille chantonner dans sa chambre, souvent je me dis oh non, ça recommence, pourvu qu'elle ne se prépare pas à vivre ce que j'ai vécu, et puis je me reprends, je me dis que ce sera peut-être différent pour elle, que son rêve sera peut-être d'être directement institutrice, ou alors qu'elle réussira comme chanteuse, qu'elle deviendra une vedette internationale, ce qui fait que mon rêve à moi se poursuit, mais sur ses épaules à elle, la pauvre.

Une spectatrice

Je les avais tous : le robot avec sa vieille voiture, l'héroïne et ses petits masques amovibles, la robotte et son manteau rouge, le méchant sur son vélo, l'aspirateur… J'avais le Centre robotique, j'avais le SpeedBurger, j'avais même le zoo de Vincennes et des dizaines de figurants. J'avais tout le film en Playmobil… L'avantage d'être adulte, c'est que vous n'êtes plus obligé d'attendre Noël ou votre anniversaire.

Le fils d'un figurant

Je me rappelle cette soirée comme si c'était hier, le film venait de sortir sur les plateformes, avec mes frères et sœurs on avait dû attendre le vendredi soir pour qu'il n'y ait pas école le lendemain. Mes parents étaient allés le voir ensemble au cinéma mais aucun de nous ne l'avait encore vu… Maman avait préparé des pizzas, papa avait organisé le salon pour qu'on ait tous des places confortables. La plateforme déconseillait le film aux moins de seize ans et j'étais le petit dernier, maman avait dit : « C'est pas grave, je te dirai quand fermer les yeux », et papa avait dit : « Moi, je te dirai quand bien les ouvrir ! » Maman avait découpé des carrés de pizza pour qu'on puisse manger sans manquer une image, ce qui aurait risqué de nous faire rater une des brèves apparitions de mon père.

Le film avait commencé, à un moment on voyait tous les robots sans masques dans un parc, les chefs du Centre arrivaient avec des masques et ils désignaient trois robots pour les suivre. Mon père avait dit qu'il apparaissait à sept reprises, c'était maman qui les avait comptées quand ils étaient allés au cinéma. Les trois robots se sont levés pour traverser le parc devenu silencieux, mon père a dit « ATTENTION », on a tous tenu nos parts de pizza en l'air, puis ma mère a dit « Là ! » et en effet on a vu mon papa assis sur un banc devant lequel passaient les trois robots, avec le héros au milieu… Au bout d'un quart d'heure de film, une de mes sœurs a dit : « Mais, papa, t'es un robot ? » À quoi mon père a répondu oui… On a tous quitté la télé des yeux pour le regarder, notre père assis fier et heureux dans son fauteuil. Sans tourner la tête, il a dit : « Vous ne saviez pas ? »… Une autre de mes sœurs s'est mise à pleurer, mon père a appuyé sur pause, il est allé la prendre dans ses bras et il a ajouté : « C'est seulement dans le film, les enfants, seulement dans le film », avant de se rasseoir avec ma sœur sur les genoux pour voir la suite.

Les six autres apparitions de mon père étaient éparpillées dans le film, semées comme des œufs de Pâques qui nous sautaient aux yeux à chaque fois. C'était comme si le réalisateur et la monteuse l'avaient fait exprès, pour maintenir notre attention jusqu'à la scène finale, après la naissance du premier enfant humain-robot, quand on ne voyait que des visages de parents ravis, sans plus aucun masque, avec leurs bébés dans les bras. Mon père nous avait expliqué le lendemain au petit déjeuner, alors que mes frères et moi nous étions mis en tête de reraconter tout le film, que la scène finale était un parallèle de celle dans le zoo, avec tous les visages des gens autour du robot et de la femme tout nus. Selon mon père, on comprenait que tous les autres parents avaient fait la même chose qu'eux. Et que de là étaient nés leurs bébés. Comme c'était une des scènes où maman m'avait dit de fermer les yeux, juste avant que papa me dise de les rouvrir, je ne comprenais pas bien ce que mon père expliquait. J'étais trop jeune, c'est vrai, mais je n'avais pas besoin de comprendre pour apprécier. Et puis mes parents m'avaient prévenu que j'étais trop jeune, que le film n'était pas de mon âge, que c'était exceptionnel parce qu'il y avait papa dedans… Ce dont je suis sûr c'est que, si j'avais passé la soirée seul dans ma chambre en entendant tout le monde dans le salon, j'en serais ressorti largement plus traumatisé.

Ce qui m'avait le plus troublé, c'était la séquence finale quand on voyait mon père avec une autre femme que ma mère, et un autre bébé que mes frères et sœurs ou moi, comme s'il avait pu avoir une autre vie que celle avec nous. Personne n'a osé regarder papa à ce moment-là. Lui-même avait l'air un peu gêné. Moi, c'est là que j'ai eu envie de pleurer. Plus tard, au milieu de la nuit, je me suis levé pour aller me glisser dans le lit de mes parents. Il y avait déjà une de mes sœurs. Ma mère m'a soulevé et fait passer au milieu sans même ouvrir les yeux, mon père ronflait, ma sœur et moi on s'est blottis. Elle m'a chuchoté : « Tu sais comment on reconnaît les robots des humains ? » J'ai dit : « Oui, les robots ne portent pas de masque. » Elle m'a répondu : « Non, ils ne savent pas ronfler. » Ma mère a dit chut, j'ai rigolé, mon père a ronflé plus fort. « Tu vois ? » a dit encore ma sœur. Il faisait tout noir mais je voyais.

Un spectateur

Je ne pouvais plus me passer du film, ça avait commencé les week-ends, c'était tranquille, je le regardais avec des voisins ou des amis ou en famille, ou même juste avec ma copine, et puis je me suis mis à le regarder seul aussi, tous les soirs, puis à ma pause déjeuner, puis un petit bout le matin, puis j'ai complètement perdu le contrôle, j'ai atteint les six ou sept fois par jour, j'avais l'impression qu'il défilait en moi en continu, comme si mon cerveau était un écran de cinéma, avec le même film en boucle, toujours le même. Ma copine est partie, j'ai perdu mon boulot, je me suis encore plus réfugié dans le film… C'est grâce à une annonce punaisée au tableau de la supérette que j'ai sorti la tête de l'eau, je n'étais pas le seul apparemment, il y avait des gens qui se réunissaient une fois par semaine au café du coin et qui parlaient ensemble des problèmes qu'ils traversaient avec le film. Tous ensemble, ils s'encourageaient à ne plus le regarder, à accepter l'idée qu'ils avaient pu en avoir besoin à une période, que le film leur avait sans doute même sauvé la vie, mais qu'aujourd'hui il se retournait contre eux. La plupart auraient aimé revenir au temps où ils le regardaient une fois par semaine, le vendredi soir entre copains, mais ceux qui essayaient se rendaient compte que c'était impossible… Vous commenciez par y arriver, un vendredi, voire deux, puis très vite vous vous retrouviez un autre soir de la semaine avec l'envie de regarder juste une scène, juste une petite scène, celle de l'aspirateur par exemple, et vous la mettiez, et la première fois vous arriviez à ne regarder que celle-là, mais vous vous réveilliez ensuite dans la nuit, incapable de dormir, et vous vous disiez que juste une autre petite scène ça vous aiderait, et vous vous leviez pour aller la regarder dans le salon, c'était si bon, et peu à peu, sans comprendre comment, vous vous retrouviez à regarder le film trois fois dans la nuit, et à vous réveiller les yeux rouges, le cerveau embrumé, votre estime personnelle en miettes, avec plus vraiment d'autre échappatoire que de revoir le film dès que possible.

La seule issue était d'arrêter complètement, de compter les jours que vous accumuliez sans voir le film et de vous en féliciter une fois par semaine le mercredi soir au café. C'était le jour de sortie des nouveautés mais aucun de nous n'allait plus au cinéma. Voir d'autres films ne faisait que raviver la douleur, on ne pouvait s'empêcher de comparer ou de rechercher vaguement le même effet qu'on ne retrouvait jamais. Le mercredi soir, le café était à nous, on se levait, chacun disait à combien de jours il en était, on s'applaudissait. Afin de s'entraider, on se parrainait mutuellement pour pouvoir s'appeler en cas de crise, quand l'envie resurgissait d'un coup, plus forte que tout, et qu'on était incapable de la laisser passer sans l'aide d'une autre personne. On s'appelait, on se racontait des scènes : « Tu te rappelles quand la robotte découvre le sommeil et fait sa première sieste sous les cerisiers en fleur… », ce genre de discussions, pendant un moment on s'autorisait à exprimer notre amour pour le film, les souvenirs heureux qu'on en avait, et puis on se forçait à se rappeler aussi les temps sombres, le film qu'on regardait en continu, le conjoint parti, les enfants délaissés, le boulot perdu, et ce dégoût de soi que seul le film arrivait à chasser, sans cesser de l'aggraver.

Alors, par la force de l'échange et des minutes qui passaient, l'envie elle aussi passait, ou au moins s'adoucissait, devenait presque agréable, on s'autorisait de la tendresse, et même de l'humour, on lui accordait sa place mais on ne tentait plus de la satisfaire, on vivait avec un vide et ce vide devenait un plein en soi. Si on tenait bon, au bout d'un grand nombre de jours, l'envie devenait une richesse, une force en nous, une part de notre histoire qui nous avait façonnés, au même titre que nos années d'école, ou nos années d'enfance. On savait qu'on ne serait plus jamais cette personne et qu'on continuerait toujours de l'être. Dans ces périodes-là, vous dormiez moins, tout vous excitait, tout devenait passionnant, pour la seule raison que le film n'était plus nécessaire pour pouvoir en profiter.

C'est aussi au cours de ces périodes que les pires rechutes avaient lieu, votre excitation générale englobant celle pour le film et vous faisant croire que celle-ci n'était qu'une parmi d'autres. Libéré de toute culpabilité, dans un élan d'enthousiasme, vous vous délectiez des premières secondes du générique, des premières notes de musique, enfin vous viviez votre rêve sans angoisse, et un mois après, complètement démoli, vous poussiez de nouveau la porte du café. Là, vous rappeliez votre prénom à l'assistance et vous racontiez l'enfer du mois passé. Tout le monde frissonnait et profitait de votre expérience, quel que soit le stade où chacun en était, sachant qu'en réalité il n'en existait que deux : regarder le film ou ne pas le regarder… Je m'appelle Pascal et ça fait mille deux cent seize jours que je n'ai pas vu le film.

Un cinéphile

Je suis une des rares personnes qui n'ont jamais vu le film, et c'est un des rares films que je n'ai jamais vus. Je n'ai rien contre, simplement ma compagne m'avait fait promettre qu'on irait le voir ensemble et elle est morte la semaine de sa sortie, sans nous laisser le temps d'aller au cinéma avant.

Dans mon travail de deuil, je me suis accroché à ma promesse, même quand tout le monde s'est mis à parler du film autour de moi… Aujourd'hui encore, je persiste à ne pas le voir. À force d'écouter les gens, j'ai fini par m'en faire une idée assez précise, bien que je doute qu'elle corresponde à la réalité, c'est-à-dire à la fiction… J'attends ma prochaine vie pour le savoir.

La productrice

Une suite ?… Je n'en ai jamais entendu parler. Plusieurs investisseurs avaient commencé à évoquer un 2 dès que le film avait cassé la baraque, mais les deux frères et moi n'avions pas hésité une seconde. C'était non. Toute la magie du film résidait dans le monde qu'il ouvrait à la fin dans la tête des spectateurs, il fonctionnait comme un tremplin pour l'imagination. À vrai dire, quand des gens parlent du film, ils sont les seuls à savoir de quoi ils parlent. Le même phénomène a plus ou moins lieu pour toutes les œuvres, mais dans celle-là il était porté à son comble. Comme si vous sortiez de la salle avec un petit bébé dans les bras, un bébé que vous aviez fait avec le film et dont vous aviez la responsabilité désormais. Il ne pleurerait pas, il ne mangerait pas, vous n'auriez pas à le changer, il vivrait principalement en vous mais il serait toujours là quelque part, l'enfant de votre imagination, c'est-à-dire de votre âme, et d'un film. Et comme dans la vie, chacun de ces bébés était différent. Il en existait autant qu'il y avait de spectateurs, un bébé pour chaque personne à avoir vu le film. Des millions de bébés pour des millions de spectateurs… Faire une suite, donner une représentation du monde d'après la fin du film, reviendrait à concevoir un bébé, un seul, et à l'imposer à ces millions de gens, à exiger qu'ils abandonnent le leur et partagent tous le même. Nul besoin de se lever tôt le matin pour comprendre que c'était une mauvaise idée.

Évidemment, aux investisseurs, nous n'avons pas expliqué tout ça. Nous avons juste dit non, un non beau et rond, ferme, solide, presque ancestral. NON. Ils continuent de me solliciter régulièrement, je ne me gêne pas, je me fais payer des déjeuners dans des endroits grotesques où le montant de l'addition pourrait nourrir une famille nombreuse pendant un mois, et à la fin, devant un mille-feuille déstructuré ou un cappuccino gourmand, je redis le même NON… Je repense au film, à tous les bébés dans tous les esprits de tous les spectateurs, je leur souhaite longue vie, je leur envoie beaucoup d'amour, et je leur promets qu'il n'y aura pas de 2.

Un conférencier

Dans un monde de réalisation de soi, un monde où la visée suprême de chacun était devenue l'autonomie, introduire des êtres dont la vie même dépend de l'amour qui leur est porté pouvait paraître rétrograde. Mais la grande force des robots était de n'accorder aucun prix à cette vie, de rester indifférent à sa perte, de s'allumer ou de s'éteindre sans états d'âme. Être ou ne pas être, pour eux c'était la même chose. N'ayant pas peur de s'arrêter, ils n'avaient pas peur de perdre votre amour, et par conséquent ils n'agissaient pas en fonction de cette peur. Ils étaient dans le fond entièrement autonomes, bien plus que nous le serions jamais. Vous pouviez les tuer par manque d'affection mais vous ne pouviez pas les assujettir. Ils seraient toujours libres parce que leur permanence leur était égale, c'est-à-dire qu'ils ne cherchaient pas à garder ce qu'ils pouvaient perdre.

Se posait forcément la question des changements qui allaient se produire du fait de leur accès à la procréation avec des humains. En l'absence d'un deuxième volet, tout reste imaginable. Nous avons été nombreux à y réfléchir, et parmi toutes les options je propose de privilégier celle d'une autonomisation de l'humain, initiée par la suppression de son besoin de nourriture et son affranchissement du sein maternel. En parallèle, j'envisage une humanisation du robot sous l'angle de la croissance, du passage du temps, c'est-à-dire de l'évolution, qui lui permettra de grandir, de se développer, de se reproduire, de vieillir et de mourir sans autre besoin que celui d'amour. Mon pari est que le robot-humain restera indifférent à son propre sort, acquérant ainsi l'autonomie tant convoitée, tout en gagnant la chance de mener une vie humaine. À ceci près qu'il nous faudra un troisième mot, ni robot ni humain, pour qualifier ce nouveau mode d'existence que les plus sages d'entre nous connaissent au mieux quelques secondes, au maximum quelques minutes, et encore, pas d'affilée, au cours de leur vie.

Je sais que d'autres commentateurs invitent à une vision plus sombre : des robots-humains accros à la nourriture, indifférents au sort de tout le monde sauf au leur, incapables de croître sans défaillance, et se servant de l'amour simplement pour subsister… Une nouvelle fois, seule une suite aurait pu nous éclairer, mais pour ma part, dans cette obscurité, je choisis la lumière. Je suis père de famille. Notre monde est assez sombre. Quand l'horreur et le malheur font foi de sérieux, il est plus aisé d'envisager un avenir sordide. La moindre prévision favorable passe pour de la fantaisie, ou de la mièvrerie. Si, comme le professent certains, la pensée humaine est créatrice, pas étonnant que nous en soyons arrivés là. Je suis père de famille. Mon vœu n'est pas de préserver ce monde pour mes enfants. Mon vœu est qu'ils aient beaucoup mieux. Peu importe ce qui doit disparaître. Peu importe ce qui doit apparaître. Peu importe le coût de cette évolution. Peu importe la forme du prochain monde. Même des machines partout, même plus un arbre je m'en fous. Même une terre ravagée, sans soleil, parsemée de créatures rampantes. Même si les enfants de mes enfants ont trois yeux, quatre bras et vivent sur une autre planète. Peu m'importe, tant qu'ils se sentent mieux. Mieux qu'aucun être humain se sera jamais senti avant eux. Je suis père de famille, vous comprenez. Pour mes fils et mes filles, je demande un avenir meilleur, quel qu'il soit, et même si la fin du monde les attend, que ce soit une fin heureuse.

Le directeur de production

Le plus surprenant, c'est que dix ans après le tournage personne ne soit mort, pas même un figurant, on pourrait presque parler de « film béni ». Il faudrait regarder du côté des spectateurs, mais sur des millions il y a moins de chances… À commencer par Tarantino qui est carrément mort devant. À force de cancaner partout qu'il ne ferait que dix films, il l'avait un peu cherché aussi. La vie n'aime pas qu'on la contrôle autant.

L'héroïne

Je déjeune avec la robotte une fois par mois depuis dix ans. Même en période de confinement, on se retrouve dans un hypermarché, on prend chacune un caddie et on les pousse côte à côte en ouvrant des sandwichs triangle et des canettes de bière qu'on promet aux types de la sécurité de payer à la fin. Pour donner le change on remplit nos caddies tout en parlant, comme des agentes secrètes qui se rencontrent en cachette. On avance à deux à l'heure, on s'arrête devant les articles, on fait mine d'en discuter les mérites, on emprunte chacune des allées de l'hypermarché et à l'approche des caisses on laisse nos caddies dans un coin pour aller payer nos sandwichs et nos bières. J'imagine qu'un des employés est obligé de récupérer les caddies et de refaire notre promenade en sens inverse en replaçant tous les produits dans leur rayon. Je me déculpabilise en me disant que ça doit rompre la monotonie de ses journées.

Comme nous ne sommes plus actrices ni l'une ni l'autre, que les années ont passé et que nous avons plusieurs fois changé de coiffure, il est rare que les gens nous reconnaissent individuellement. Mais dès qu'ils nous voient côte à côte, ça leur fait tilt et même à l'hypermarché ils finissent toujours par nous resituer. Certains nous dévisagent, les autres prennent des photos qu'ils envoient aussitôt sur des réseaux où tout le monde s'en moque, sauf mes filles qui – je ne sais pas comment – reçoivent instantanément ces images de nous à l'hypermarché et en profitent pour m'envoyer un message du type : « Maman, tu peux racheter des céréales au miel ? », message que j'ignore systématiquement, question de principe, c'est le jour de mon déjeuner avec mon amie et pas d'autre chose, qu'elles mangent donc les biscottes de leur père… Voilà le genre de conversation que nous menons au début avec la robotte, dans les premiers rayons un peu fourre-tout de l'hypermarché, le couple, les enfants, la maison, et puis les rayons se spécifient et au gré des produits nous commençons à parler de la vie, où on en est, qu'est-ce qu'on veut, où on va, et en fin de compte nous parlons des derniers romans que nous avons lus, ou plutôt arrêté de lire, vu qu'un de nos points communs c'est de ne jamais terminer les livres.

En général je m'arrête au premier tiers, au deuxième si vraiment ça me plaît, et la robotte s'arrête un peu avant, vers les trois cinquièmes, dit-elle. On échange nos impressions, on imagine ce qui peut se passer après et qu'on ne saura jamais. Ensemble, on se repaît d'inconnu à travers les rayons de l'hypermarché, les mains sur les barres de nos caddies, et on essaie d'entretenir le même inconnu dans nos vies, de ne jamais savoir ce qui va se passer après. Le meilleur moyen pour ça c'est d'ignorer autant que possible ce qui s'est passé avant, alors jamais on ne reparle du film, jamais on n'évoque même le tournage.

La seule chose qui perdure, c'est une réplique tellement nulle qu'elle nous avait fait piquer un fou rire, un matin, tandis qu'on répétait aux aurores dans la chambre des deux frères. Même le réalisateur n'arrivait plus à se retenir, et la scripte non plus. Au bout d'un temps il ne restait que le scénariste, qui avait commencé par se vexer mais qui percevait enfin le risible de ce qu'il avait écrit quand la robotte devait dire : « J'ai un bouton pour aimer que je ne désactive jamais. » La réplique avait disparu du film, mais aujourd'hui encore c'est comme ça que nos déjeuners se terminent. On s'enlace, on s'embrasse, on se regarde et il y en a toujours une pour dire : « J'ai un bouton pour aimer… » à l'autre qui répond : « … que je ne désactive jamais. »

Le scénariste

La star m'a rappelé un matin, des années après le film. Nous avons prévu de nous retrouver dans le jardin du Luxembourg, que nous avons arpenté de long en large en discutant. C'était surtout lui qui parlait, je sentais qu'il avait traversé quelque chose, ou plutôt grimpé, c'est ça, qu'il avait grimpé une espèce de montagne, un Everest, qu'il en avait atteint le sommet et qu'il était redescendu de l'autre côté. Il me posait régulièrement des questions que je laissais glisser à la surface de moi afin qu'il continue de parler de lui. Je n'avais rien grimpé, pas même une colline. Je m'étais plutôt étendu, à la façon d'un lac, en compagnie de la scripte. L'argent du film nous avait permis d'acheter une maison, elle-même au bord d'un lac. Deux enfants y étaient nés. On se baignait tout le temps. J'allais à Paris quelques jours par mois, où je me contentais de boire et de marcher.

J'étais ému de voir la star, de l'entendre. Heureusement, nous n'avons ravivé aucun souvenir, aucun « Tu te rappelles quand on a tourné la scène du zoo », à vrai dire nous n'avons même pas évoqué le film. Je n'avais pas terminé d'autre scénario, je travaillais depuis trois ans sur un film sur Joe Dassin, dont je ne parlais qu'à mon frère, régulièrement, en appel visio… Il était parti au Mexique où il avait rencontré une Bolivienne avec laquelle il s'était installé au Pérou. Ensemble, ils construisaient des maisons qu'ils donnaient ensuite à des familles. Juste ça, ils leur donnaient. « Cette maison est pour vous, prenez-en soin, soyez heureux. » Ça ne marchait pas toujours, je veux dire, les gens ne devenaient pas toujours heureux, mais tous deux continuaient quand même, et dès que mon frère sentait son moral baisser, il dessinait une nouvelle maison… J'ignore à quel moment de notre enfance lui et moi avions ancré dans notre esprit le fantasme idiot qu'un jour tout aille bien, partout, pour tout le monde. Ça avait dû commencer quand on jouait ensemble aux playmobils, c'était sûr que ça avait commencé par les playmobils… Nous avions beau grandir, nous n'arrivions pas à nous en défaire. On s'efforçait seulement de ne plus en vouloir au monde, aux autres ou à nous-mêmes, de ne pas correspondre à notre imagination.

Je n'ai rien dit de tout ça à la star parce que c'était lui le sujet de notre conversation. Je lui ai juste donné quelques nouvelles de mon frère, je me souviens qu'on passait devant les terrains de tennis du jardin du Luxembourg à ce moment-là. Des paroles s'accrochent parfois à des endroits, et chaque fois qu'on y repasse, ensuite, on peut les réentendre. Un autre endroit que j'entends encore, c'est le banc en pierre sur lequel on s'est assis, en face du bassin central, celui où voguent des bateaux miniatures que les enfants repoussent chaque fois qu'ils approchent le bord. C'est sur ce banc que la star m'a dévoilé la vraie raison de son appel : il voulait qu'on tourne un film sur le film. Sa fille qui venait d'avoir douze ans l'avait enfin vu et n'arrêtait pas de lui poser des questions (sur l'écriture, le tournage, la sortie...). C'est de là qu'était venue son idée, mais il ne savait pas comment s'y prendre. Je ne lui ai pas demandé de nouvelles de sa carrière littéraire, il avait dû la laisser derrière lui. J'ai regardé les bateaux, je me suis levé et on s'est aussitôt mis au travail, c'est-à-dire qu'on est allés acheter des cafés et qu'on est revenus s'asseoir dans le jardin du Luxembourg pour y laisser voguer nos idées, et les repousser chaque fois qu'elles atteignaient le bord.

Le réalisateur

La première fois que mon frère m'a appelé pour me parler du film sur le film, j'ai cru qu'il blaguait. J'étais en train de dessiner le toit d'une nouvelle maison, j'ai rigolé sans même regarder mon écran. Puis, comme mon rire ne trouvait pas d'écho, j'ai levé les yeux et j'ai vu son air sérieux.

Je lui ai tout de suite demandé s'il était fou, s'il avait vraiment envie de se lancer dans la taxidermie. Mon frère m'a répondu que ce ne serait pas un film comme les autres, qu'il n'y aurait aucune image d'archives, aucun extrait, seulement un montage d'interviews menées à distance, chaque personne parlant de l'endroit où elle se trouvait... Je lui ai dit que tout le monde allait s'emmerder, que le cinéma c'était autre chose que des gens qui parlaient les uns à la suite des autres. Mon frère m'a demandé ce que c'était alors, des gens qui parlaient les uns à la suite des autres… J'ai réfléchi, je lui ai dit que je n'en savais rien. Il m'a répondu que lui non plus… On s'est regardés, on n'a plus rien dit.

Ça commençait bien.

DU MÊME AUTEUR

PAS DE TEMPS À PERDRE, Au diable vauvert, 2000

ZÉRO TUÉS, Au diable vauvert, 2002

LE LIBRAIRE, Au diable vauvert, 2004

MARI ET FEMME, Au diable vauvert, 2008

LA VIE, Au diable vauvert, 2012

COMME DANS UN FILM, Au diable vauvert, 2016

Retrouvez toute l'actualité des éditions Albin Michel
sur notre site albin-michel.fr
et suivez-nous sur les réseaux sociaux !
Instagram : editionsalbinmichel
Facebook : Éditions Albin Michel
Twitter : AlbinMichel

Composition : IGS-CP
Impression : Imprimerie Floch, mai 2023
Éditions Albin Michel
22, rue Huyghens, 75014 Paris
www.albin-michel.fr

ISBN : 978-2-226-48073-6
N° d'édition 25290/01 – N° d'impression : 102637
Dépôt légal : août 2023
Imprimé en France